# 家出ファミリー

装丁　岩瀬聡
カバー装画　五十嵐大介

# 家出ファミリー　目次

# 1——僕の知らない女

東京　二〇二三年十一月

駅前ロータリーの植え込みに坐っている彼女は、どこか所在なさげで、置いていかれた子どものようでもあるし、老婆のようにも見える。何かを見ているようで、何かを見つめているわけでもない、少し細めた目。透明な視線。

今日は、白いストールに顔の下半分をうずめて、灰色のトレンチコートを着ている。顔にもあまり色がなくて、少し寒々しい。飯田橋駅の東口を抜けたところにある植え込みに、そうして彼女が腰掛けているのを、僕はぼうっと見ていた。それは仕事場での自信ありげな顔つきとは違って、不思議な感覚がいつも頭をかすめる。

この人は、本当はどういう人間なんだろう。

最初に待ち合わせるようになった時から、同じような表情をしていた。僕たちは仕事柄、急な取材対応をしなきゃいけない時なんかもあって、待ち合わせの時間が前後しやすい。「どこかのカフェや書店で待ち合わせた方が、迷いにくいし、困らないんじゃないかな。暑かったり寒かったりしても、店の中ならさ」

と何度か提案したけれど、待ち合わせにはいつも、駅前を指定されることが多かった。

いつだったか、

「わたし、ＪＲの駅が好きなのよ。都心の地下鉄には、あまり駅前ってものがないじゃない。駅前の広場があるからこそ、駅だなあって思うわ」

と言っていた。彼女はそこで、何も持たずに、ただ目を細めて、駅から吐き出されてゆく大勢の人を、ぼうっと眺めている。スマートフォンをいじることもない。

彼女と会うようになって気づいたことだけど、そうした振る舞いをしている人は、駅では少なかった。僕も含めてだけれど、働いている奴らはみんな、いつも忙しなく、少し顔をかたむけて、携帯の画面を覗き込んでいる。慣れると、そこから浮いている彼女を見つけるのは容易になった。

少しその光景を眺めた後、彼女に近づいた。膝と膝が触れそうな至近距離に来たところで、やっと彼女の目が僕に焦点を合わせ、顔がゆっくりと上を向いた。

「……ぁあ。恭介さん。早かったのね」

「いや、少し遅くなったくらいだよ。冷え込むのに、よくもまあ、外にいたねぇ」

ちらっと見ると、膝の上にある手には細い革の腕時計が巻き付けられていた。時刻を見ることはできたはずなのに、彼女は一瞥もしなかったのだ。ただぼうっと前だけを見ていたのだろう。

「はやく温かいものでも食べようよ」

そう言いながら、立ち上がるのに手を貸そうと、ポケットの中に入れていた手を差し出した。その手を摑んだまま、立ち上がらずに、「ここにいると……」と彼女は小さな声で言った。

「ここに坐っていると、自分がどこにいるのか、わからなくなるのよね。わたしはどこから来て、どこへ行くはずだったのかなあ、って」

彼女のいう「ここ」は飯田橋のことを指しているのか、駅前のことなのか。それとも、別の何かのことなんだろうか。僕は、うまくその意味を拾うことができなかった。

「投げ出したくなるような。逃げ出したくなるような。ね」

歌うように呟かれた言葉は、もう僕に語りかけられているものではなかった。ふと、握っていた手がしゅるしゅると小さくなったような気がして、僕は慌ててぎゅうっと摑んだ。手の平の薄い肉が潰れて、しっかりとした骨の硬さが伝わった。

それが合図になったのか、目が覚めたように表情を変えた彼女は、立ち上がって「ごはん行きましょうか」と、歩き始めた。植え込みには、濃いピンク色をした椿の花だけが、ぽつんぽつんと残されていた。

彼女とは、職場が一緒になって二年が経つ。

僕は、ニュースサイトの運営を行っている小さな会社に所属している。もともとは大手の新聞社に所属していたものの、新卒の社員はしばらく地方を担当しなければならない。地方での勤務に飽きてきたことと、ネットの時代ならではの発信がやってみたいと思って、五年前にここへ転職してきた。

自分の書いた記事を何人が読んだかわかるのは、紙で書いていた時代にはなかった仕事の魅力だった。サービスそのものが成長していることもあり、仕事は面白かった。

そんな会社に、報道部のアシスタントが退職して人が足りていなかった時期に入ってきたのが、彼女だ。わざわざ大手の会社の内定を蹴って、うちに来たという。

初めて職場に来た時の姿は、今でもくっきりと覚えている。女性が好きなマカロンとかいう砂糖菓子みたいな薄い紫色の、何だかふわふわとした素材のワンピースに、黒いジャケット。ヒールのパンプス、嫌味を与えない程度に軽く染められた巻かれた髪。小汚い職場の中で、彼女は明らかに浮き上がっていた。

彼女の短い挨拶の後、休憩時間にタバコ部屋に行ったら、斜め向かいの席に坐る上司がいた。三〇代後半で、政治部から引き抜かれてきたという彼は、目つきが鋭い。目の端でちらりと挨拶されたので、タバコに火を付け、世間話がてら話しかけてみた。

「今日来た新卒の子、どう思いました」

「続かねえよな、あんなお嬢さんにこの仕事。誰かが死んだり、遠くの国で爆発したり、人に不幸が起きるのを、新しいネタができたなって喜ぶような仕事だ」

いつも、記事のタイトルやら何人に読まれているかの数字やらを細かく指摘し、「あいつの書いた記事はよく読まれているぞ。お前ももっと頑張れよ」と発破をかけてくるような上司からそんな言葉が出たので、僕は少し驚いた。

黙ったままでいると、

「ディズニーランドのキャストの方が、よっぽど幸せな仕事だよなあ」

と疲れた顔でくっくっと笑い、白い煙をふうっと吐き出した。サービスの急成長の裏では慢性的な人手不足が起きていて、みんながちょっとずつ無理をして働いているということが、タバコ部屋に来るとよくわかる。

翌週、前任者からの引き継ぎを終えて本格的に働き始めた彼女は、見た目の印象に違わず、世間知らずだった。何より、仮にもニュースに関係した職場であるにも関わらず、芸能やスポーツ関係の知識がなさすぎた。

本人は「わたし、テレビを見ないで育ったものですから」と言い、誰もが拍子抜けした。鎌倉の山の上に実家があるという話を聞き、お嬢様育ちなんだろうなと思ったが、口には出さなかった。

そういうことを茶化させない、冗談を許さない雰囲気のようなものが、彼女にはあった。何しろ、八つは年上の僕でも少し緊張してしまうくらいで、高校生の時なんかに出会っていたら、話しかけられなかったろうと思う。まっすぐにきゅっと結ばれた口元を見ていると、当時、後ろの席に坐っていた学級委員長のことがなんとなく思い出された。

半年もしないうちに辞めるんじゃないかと皆思っていたが、そうした期待を裏切るように、彼女はよく働いた。長い髪を一つに結わえ、職場に一番早く来て、一番遅くに帰り、忙しい時期には男性記者と一緒に職場に泊まり込むこともあった。負けず嫌いで、一生懸命に仕事をこなす彼女は、いつしかデスクや先輩記者に可愛がられ、現場の取材へ出るようになっていった。

僕と彼女が、プライベートでの関係を持ち始めたのは、東日本大震災の取材がきっかけだった。東日本大震災が起きてから、報道部は人手が足りなくなり、経験の少ない彼女までもが、一人で取材に行くことになった。僕はその先輩として、上がってきた原稿をチェックしたり、一緒に現地へ取材に出たりしていた。

震災から一年と少しが過ぎた夏、初期のショックから落ち着いた遺族の声や今の暮らしを改めて聞こうという企画が持ち上がった。僕と彼女は、その取材の担当にあてられた。

津波で家族を亡くした遺族取材を気仙沼で何件か終えたあと、レンタカーを運転して仙台へと戻る。アーケード街を通って国分町へ行き、二人で仕事後のビールを飲んだ。

目の前で、息子を波にさらわれていったお父さん。一人で残さないでと泣いたおばあちゃん。昼間聞いた話を忘れたかのように、慎重に避けながら、僕たちは業界の話や同僚の話を続けていた。

近くの席では、「復興需要で、あちこちから土建屋やらコンサルやらが来るから、景気がよくなったなあ」「おお、ほんとに震災さまさまだ」と、地元のおじさんたちがハハハと笑いながら話していた。

その後、どちらからともなくホテルへと行った。

一人で過ごすのが、何だかやりきれなかったこともあったと思う。

行為の後、ベッドの中で、彼女が聞いてきた。

「恭介さん、亡くなる人が最後に見る色って、何色だと思いますか」

「色？　目の前が真っ暗になる、みたいな表現があるから、黒かな」

「わたし、淡い灰青色の光かなって思います」

「はいあおいろ？」

「ブルーグレーのことです。それの、淡いやつ」

薄い布団を顎が隠れるくらいまで引き上げながら、彼女は言葉を続けた。

「おばあちゃんたちとのお茶っ子に行くと、家族を亡くした方ってひと目でわかる気がするんです。その人の周りが、淡い灰青色にぼうっと光っていて……。あれは、死を悼む人の念のようなものなのか、それとも亡くなる人が、最期に、別れる際に残す、家族を見つめた光のようなものなのか、なんなんだろうなあって……」

そう言うと、仰向けで天井を見つめて話していた彼女は、急にくるりと横を向き、僕の胸の中に顔を埋めた。だから、表情はよく見えなかった。

僕が、抱きしめていてやらないと……。

急に強く、そう思った。オーラだとか霊だとか、そういうものは信じてもいないし、正直よくわからない。

けれど、捕まえていないと、そういった目には見えない何かや、耳の奥に残る波の音のようなものに、この人は引きずられていってしまう気がした。

　そうして僕たちは、付き合うようになった。


「ねえ、なに、考えてたの」

　僕は、ハッと顔を上げた。前菜で出てきたパテにフォークを刺しながら、彼女がこちらを見ていた。

「君が、最初に職場に来た日のことだよ。薄い紫色のワンピース着ててさ」

「へえ、よく覚えてるのね。最初に面接で大手町に来た時にね、思ったのよ。この街の人、みぃんな色のない洋服の人ばっかりねって。だから初日は、明るい色の服を着ていってやるって決めてた」

　メインの肉料理をナイフで切り分けながら、「そういえば、あのワンピース、母さんが褒めてくれたわ」と彼女は呟いた。


　彼女の母は、鎌倉のグループホームにいる。

なんでも若年性アルツハイマーらしい。彼女は仕事の合間をぬって、月に二回は見舞いに行くようにしており、僕は鎌倉でのデートがてら、一度だけそれについていったことがある。彼女はとても渋っていたが、一度、家族の顔を見てみたいなと思って、強引に押し切った。

「そんなに言うなら、別にいいのだけれど……。楽しくはないと思うわ」

と、少し突き放すような許可を貰った。

グループホームは、駅前の混雑が嘘のような、人気のない山の中にあった。

新聞社にいた頃も、アルツハイマーや介護問題なんかの取材はしてきていて、そういった老人や、その家族の抱える苦労は知っていたつもりだった。けれど、自分の彼女の身内にそういう人がいる、というのは初めてのことだった。

パステルカラーで塗られた居間を通り抜けて、個室に入った瞬間に、

「なんで、あの時に死なせてくれなかったのよ」

という言葉が飛んできた。僕は面食らった。でも、それは確かに、目の前の小さな初老の女性が発した言葉で、その顔立ちは、彼女との血のつながりを思い起こさせた。

「苦労した挙句に、こんな状態になって……。ねえ。なんで、私はここまでして生きなきゃいけないの。私が何をしたって言うの。あの時に、死んでさえいたら……」

ブツブツとつぶやく母を見ながら、

「ごめんなさいね。今は昔の記憶が戻っているから、母さんにとって辛い時間なの。あなたのこと紹介したかったけど、今日は難しそうだわ」

と、彼女は小さな声で言った。

持ってきたお土産や新しいパジャマを渡したり、浮腫《むく》んでいる足を彼女がマッサージしたりする時間は、きっと三〇分ほどだったと思う。僕は、その時間、居室の片隅に立ち尽くしながら、息が詰まりそうだった。その間中、ずうっと、初老の女性は憎しみの言葉や、生きることへの後悔の言葉を、つぶやき続けていた。

もし認知症になったら、こういう風に死にたいと嘆くものなのだろうか。自分の親から、こんなことを言い続けられたら、僕はうつ病にでもなってしまいそうな気がした。

彼女は、黙って足の指を、一本一本丁寧にさすっていた。

足指の付け根をつまみ、つま先に向かってほぐしていく動きをくり返す。そうして、何の反論もせずに、母親の小言を聞いていた。一通り終えた後、次に来られそうな日程を告げて、彼女は椅子を立った。

部屋を出ようとする僕たちに向かって、「……あの時。あの時に、あんたを殺していれば」と誰かが呟いたような気がしたけれど、それは僕の空耳だったのかもしれない。

グループホームを出ると、爽やかな空気が肺に入り、僕はようやく息を吸えたような気がした。六月の山の空気は、緑や土の香りをしっとりと含んでいて、そのことがなんだか救いに感じた。

施設から少し離れてから、「……大変だね」と声をかけた。

「自分が何をしていたかとか、なんでここにいるのかとか、忘れてる時もあるのよ。そういう時は、ニコニコしている。わたしのこと、ケアの職員さんと間違える時もあるの。……でも、その方がきっといいのよね。忘れた方が、幸せなこともあるから」

「僕はまだ両親とも元気で、経験がないんだけれど。きっと、ああいう言葉を聞き続けるの、疲れるでしょう」

「ふふ、疲れないって言ったら、嘘になるわね。でも、これはわたしの責任なの。母さん、本当はここにいるはずがなかったの。死のうとする母さんを、わたしが止めたせいで、母さんは、ここに生きている。わたしが生かしてしまったの」

あまり言いたくない話をさせてしまったのかもしれない。そういえば、彼女からは、子どもの頃の話をあまり聞いたことがなかった。動物や植物が好きな子だったかなあ、くらいでいつも流されてしまうのだ。

彼女が坂道を下る足取りが、少し早くなった。その足取りを見ながら、この急な傾斜の道を、いつも一人で歩いてきたんだろうなと思った。母親以外の家族とは、年に一、二回程度しか会わないと聞いていた。いつも一人で、坂を下っているのだ。

「……でも、生きる、ってこういうことなのよ。生きたって、幸せになれるか、なんてわからないのよ。疲れることとか辛いことの方が、多いくらいかもしれない。それでも、この先どうなるかわからなくても、生きることを選ぶ価値があると思いたいの。捨てたくなんてないの。わたしは、選んで、生きてきた」

半歩先を歩いていたから、彼女がどんな表情でそう言ったのか、ちゃんと捉えることはできなかった。でも、都心では感じられない強烈な土の香りと、少し後ろから見える彼女の耳の輪郭と小さな黒子《ほくろ》とともに、その言葉は静かに自分の奥に焼きついた。

少し圧倒されるような怖さと、この人が幸せになったらいいなという願いのような気持ちとがないまぜになって、静かに、静かに。僕は、ただ黙って同じ歩調で少し後を歩き、山を降りていった。

気づいたら、腕時計は夜の一〇時半を回っていた。お腹がいっぱいになった僕たちは会計を済ませることにした。いつものように彼女より少し多めに払い、馴染みの店員がドアを開けて、笑顔で見送ってくれた。路頭に出てみると、金曜日の夜の飯田橋は、なんだか浮足立っていた。

駅に向かって歩いて行くと、東口の高架下に、ホームレスがいた。都心の大きな駅の周りには、いつもホームレスが転がっている。どうやら、古い雑誌か何か、小汚い紙切れを熱心に並べているようだった。

何日も、いや何か月も洗っていないはずの髪の毛はボサボサにもつれ、茶色とも灰色ともつかない布に全身が包まれている。すでに六〇代か七〇代に見えたが、ああいう人たちの年齢は、よくわからない。

それはなんのことない、誰もが見過ごして行く、いつもの光景だった。

違ったのは、彼女だけだった。

コートに添えていた手をぱっと放すと、何かを呟いて、僕の横をすっとすり抜けていった。小走りでたたたっと走り、そのホームレスに近づく。彼女が何かを話しかけ、ホームレスが首を横にふった。彼女は落胆した顔をして、僕のもとへと歩いてきた。

何をホームレスと話したのかまでは聞こえなかったけど、横をすり抜けて行くときに呟いた言葉だけは、かすかに聞き取れた。「……ひろじぃ」と。

「なに、知り合いにでも似てたの」

「ううん、違った。勘違い」

彼女の知り合いに、ああいう人がいるなんて、あまり考えられないことだった。

「ああいう奴ら、ちゃんと働けばいいのにな。仕事できない、努力なんてできないやつがなるんだよな。ホームレスって。あんなところに寝るなんて、僕には理解できないし、ありえないよ」


ふと、彼女が隣についてきていないことに気づき、僕は後ろを向いた。三歩ほど離れた先に、彼女が立ち止まっていた。なんだか恐ろしいものを目の当たりにしたような、そんな目をして僕を見ていた。

「ねえ、なんで、そういうこというの」

棘があるというよりは、なんの抑揚もない、冷たい声だった。

食事の後に、他人を揶揄するような話をしたことに、気を悪くしたのだろうか。それとも、報道に携わる記者として、そういう発言をすべきではないし、弱者に配慮しろということなんだろうか。彼女が、三鷹にあるクリスチャンの大学を出ていることは、知っている。仕事柄、正義感も強かった。

「なんで、そういうことというのよ」

「怒ったなら、謝るよ。デートでする話じゃなかった」

「あの人たち。ありえたかもしれない自分、じゃあないの」

我慢ができないといった様子で、静かに彼女が続けた。

「わたしは今、好きな仕事に就いている。自分で稼いだお金で、文京区にマンションも借りたわ。でもね、人がどうなるかなんて、ほんの少しの差なのよ。家がないだとか、からだの一部がないだとか、そういうのは、ほんの少しの違いなのよ。目の前にいるのは、ありえたかもしれない自分、でしかないの。そういう風に考えてたら、さっきみたいなこと言えないはずだわ……」

なんにしろ、自分の言ったことは失礼だったかもしれない。それでも、彼女にそんなふうに注意される謂《いわ》れはない気がした。食事の後の朗らかな雰囲気を壊したのは、そっちじゃないか。普段、一呼吸考えてから返事をすることが多いのに、たまたまその時は言い返した。ワインを飲みすぎて、少し軽口になっていたこともあった。

「言いたいのはつまり、ノブレス・オブリージュみたいなことかい。クリスチャンの大学を出たからか、お嬢様育ちだからかは知らないけど、そういう潔癖さみたいなものがあるよね」


落胆したような様子だった彼女の顔に、うっすらと嘲《あざけ》るような笑みが浮かんだ。

「わたしが、おじょうさま、ねえ」

とつぶやいて、唇の端をククッと歪めた。その顔は、職場で見せるような、二〇代特有の前しか見えていないような顔つきとも、時折見せる寂しそうな、この世のものではなくなってしまいそうな顔とも違った。僕は少し怖くなった。

もっとこの世の苦汁をなめてきたような、疲れが浮かぶ顔に、するどい目つき。

その時、僕の向かいに立っているのは、僕の知らない女だった。

僕の知らない女が、高架下の黄色い電灯の下で、光りながらゆらめいていた。

「……わたしは昔、ホームレスの人たちと並んで、駅前に寝ていたことがあるわ」

ゆっくりと口を開き、そう言った。


翌日が休みだったこともあり、彼女の家に泊まろうと思っていたけれど、気後れしてやめた。無言になった彼女と並んで外堀通りを歩き、「じゃあ、また連絡するから」と笑顔をつくるのが、僕にはせいいっぱいだった。駅前で別れた僕は、地下に潜って、東西線に乗った。

彼女はなんで、あそこで、あんなことを言い出したのだろう。ホームレスの人と寝ていただなんて、冗談みたいな話だ。

でも、彼女が冗談を言う理由もなかったし、冗談を言う姿を見たことがない。彼女は、身なりや言葉遣いを見ても、育ちの悪さのようなものを感じさせなかった。贔屓目《ひいきめ》のようなものではなくて、おそらく多くの人がそう思っていただろう。

あまり言いたくはないけれど、皇室の娘が入るような大学を卒業していて、学歴だって、僕より高いくらいだ。平和活動や人権活動に熱心な学校ではあるから、大学時代にボランティアか何かで、ホームレスの支援をしていたりしたのかもしれない。でもそれでは、あの時に見せた、あの表情の理由がわからない。

ぷしゅうっとドアが開き、僕は考えるのをやめて、地下鉄を降りた。

最寄り駅の改札前で、同じくらいの年のカップルとすれ違った。金曜日独特の浮ついた酒の匂いと、女性のシャンプーみたいな香りと、少しねばついた空気。やるせない気持ちを振り払って、僕は地上に出た。

その夜、夢を見た。

僕はまた、あの小さな薄暗い高架下にいた。高架下には同じように初老のホームレスがいて、その隣に彼女が並んで、ちょこんと坐っていた。うつむいて、二人で何かを話している。夢の中だというのに、強烈な嫉妬心を感じた。「何やってるんだっ、離れろよ」と彼女の肩をつかむと、ゆっくりと顔をあげた。顔にかかった長い髪の隙間から見えたのは、あの表情だった。

嘲るような、別の世界のものを笑うような、くらぁい微笑み。

僕の知らない女。

ぎょっとして、手を放した。彼女はとても悲しそうな、諦めたような顔を一瞬見せたあと、無表情になった。そして、みるみるうちに小さくなり始めた。無表情の顔には、色素の薄い茶色のビー玉みたいな瞳がふたつ輝いている。僕の方を向いているけれど、何も見ていない。この透明な目。透明な視線。彼女はしゅるしゅると子どもに戻り、気づくとコートはぶかぶかになっていた。

このままでは、消えてしまう——。

慌てて、小さくなった手のひらを握って、彼女の名前を叫んだ。

サナ。

# 2——一〇〇万円と、薔薇の花びら

小田原　一九九八年五月下旬

「明日、早く起こしてよ。粗大ゴミにいいもんないか見て回りたいから」

しげちゃんは、そう言って座布団の上にゴロリと横になった。

さっきまで飲んでいた酒の缶やコップは、畳の上に転がったままだ。目の端で、空き缶の本数を数える。坐卓の上には、刺し身が並んでいたであろう安っぽい水色のプラスチックの皿があった。

片付けてから寝てよ。

そう言おうとしたが、口から出ようとした声は、蛍光灯で照らされた六畳間の青い光に、吸い込まれて消えていった。

片付けてから寝てよ。

たった一〇文字の言葉をかけることにすら、もう疲れてしまった。

しげちゃんと結婚したのは、一〇年前。

その頃のこの人は、大手予備校の講師を務めながら、フランス映画の翻訳などをやっていた。私より一つ年下の、三〇代半ばにもなる彼は、その頃もきちんとした定職を持ってはおらず、お金が足りなくなると親から援助を受けたりもしていた。

今思えば、その時にちゃんと将来のことだとか、私たちの関係性について考えるべきだった。けれど、「実家に蓄えがあって、有名な大学の院にまで行くような頭のいい人たちは、そういうものなのかな」となんとなく思ってしまった。

海と山の隙間に小さくあるような田舎町で、父が漁師、母が農家の家に育ち、奨学金をもらって看護学校に行った私には、労働に対してあくせくしたところのない育ちや雰囲気を、半ば不安にも思い、半ば羨ましく憧れてもいた。

その後、子どもが生まれてお金がかかってきたこともあり、しげちゃんは正社員の職を探す。私なんかが行ったこともない東京のどまんなかにある会社に勤め始めた。華道家のマネージャー業務だ。育ちのいい人の集まる、その華やかな世界は、きっとしげちゃんには向いていたのだと思う。

そんなしげちゃんが、通勤中の電車の中で倒れてから、もう四年が経とうとしている。満員電車の中で、急に肺が潰れるような感じがして、空気が吸えなくなったという。

家で休んでいると特になんともないのだが、満員電車に乗るたびに、同じ症状を起こした。それ以来、しげちゃんは混んでいる電車には乗れなくなった。必然的に、東京の会社を辞めることになった。

しげちゃんは、無職になった。

机のまわりに転がっている、空き缶の銀色のふちを中指と親指でつまんで、眺めた。アサヒ、スーパードライ、生ビール、五〇〇ミリリットル。

その他にずらずらと書いてある英語らしき文章は、私にはさっぱりわからない。数か国語を読めるしげちゃんには、こんなもの造作もなく、読めてしまうのだろう。

学歴があって、英語も読めて、教育にお金や時間をかけてきた人間ほど、選べる選択肢が少なくなるだなんて、考えれば不思議なことだ。

仕事なんて、選びさえしなければいくらでもある。でなきゃ求人情報誌がこんなにあちこち出回るはずはない。

そんな風に思っていたのはどうやら私だけで、しげちゃんは「つまんない仕事しかないね。なかなか合う仕事ってないもんだよね」としょっちゅう口にした。

雇ってもらえて、お金がもらえさえすれば、仕事なんてなんでもいいんじゃないの。

そう言おうとしたのに、口に出せなかった。

私は、小さい職場でも、人に自慢できるような仕事でなくてもいいから、定職についてほしかった。電車に乗れなくなったのなら、徒歩や自転車でも通える近所でそういう仕事を見つけてほしかった。家賃、水道光熱費、娘たちが大きくなってかさんでいく食費。毎日毎日、お金は出ていくのだから。そう思って、スーパーに置いてあった求人情報誌を何度か渡した。マンションの管理人とか、スーパーの警備員とか、そういった仕事が並んでいた。高い給料ではなかったけれど、それでも生活が助かる額面だった。

でも、大学院まで出たこの人にとっては、そんな仕事は耐え難かったのだ。

神奈川の外れの田舎なんかで、誰も名前を知らない職場で、誰も名前を知らないような人たちと仕事をして、生きていくなんてこと。

会社に勤めていたときも高名な先生のマネージャー業をしていることが、しげちゃんの自慢であり、プライドであり、心の支えだった。電話で友人と近況を話すときには、いつもその先生の名前を出していた。


しげちゃんは結局、つてのあった出版社から、校正や編集の仕事をちょこちょこと請け負っている。フリーランスといえば聞こえはいいが、実際は不定期のアルバイトのようなものだった。仕事が来ず、収入がなかった月も一度や二度ではない。もちろんまとまったお金が入ることもあるのだけど、それは趣味の古書収集や酒に費やされ、生活費を入れてくれるわけではない。

今では、仕事をしている時間の方が長いのか、お酒を飲んでいる時間の方が長いのか、よくわからなくなっていた。

夕方になるといつも自転車でスーパーに出向き、晩酌用のお酒とつまみを買ってくる。夕ご飯の材料をあわせて買ってきたりすることはない。自分の飲みたいもの、自分の欲しいものだけだ。「酒を飲みながらじゃないと仕事ができないんだよ」というのが、この人の口癖だった。


収入がなくて、娘の給食費すら、払ってやれなかった時もある。三〇〇〇円。たった三〇〇〇円の給食費が払えないのだ。

「先生に聞かれたら、入れ忘れたってことにしといてよ、すぐ用意できるから」

そう言って、娘にカラの茶色い袋を渡す。娘に演技をさせたのは、一度や二度ではない。

最近は、粗大ゴミや古紙の回収の日に、近所のゴミ置き場を見て回るようになった。使えそうな家具や、全巻セットで捨ててある古本などを拾って売ると小銭になるのだ。そうしてできたお金で、酒やつまみを買う。

家庭とは、なんだろう。生活とは、なんだろう。

生きている、命があるということだけではなくて、よりいきいきと、自らを活かしていく。それが人間の生活というものだと、誰かが言っていた。三〇代のころにその言葉を聞いたときに感じた小さな感動のようなものも、今はもうない。

今は、わからないことばかりだ。

どうしてこうなってしまったのかも、自分がどうしたいのかも。


私は、散らばっているゴミを摑み、重い腰を持ち上げて、畳から立ち上がった。犬たちが走りまわることもあって、畳は毛だらけで、ささくれだっている。隣の六畳間で寝ている娘たちを起こさないように、そうっと台所へと向かった。築何十年経ったのかわからない安普請《やすぶしん》の木造平家は、気をつけないと廊下がひどくガタつく。

消費期限五月二四日、九八〇円。お刺身を覆っていた透明なプラスチックには、そんなラベルの上から、黄色い半額のシールが貼られていた。

人間関係にも、消費期限があったらなあ、と思う。消費期限が近づいているのなら、黄色いシールで教えてほしい。もうこれ以上はだめだとなったら、誰かに無理やり廃棄してほしい。そうしたら、幸せに暮らせる家族が、もっといるような気がするのに。

トレーに残された、刺身のつまの細い大根がもったいないような気がして、ぱくりと口に入れた。わかってはいたけれど、乾いた大根は、やっぱりおいしくない。安っぽくてらてらと光っているプラスチックが、自分のことを笑っているように見えて、無性に腹立たしかった。

翌朝、誰かが玄関の引き戸を開ける音で、目が覚めた。うっすらと明るくなり始めてはいるものの、横目で時計を見ると、まだ五時を少し過ぎたくらいだった。たったたったっ、タッタッタッ。鉄の門が軋《きし》む音がして、道路のアスファルトを叩く足音が二つ、遠ざかって行く。

あの足音は、サナだ。今日は偶数週の月曜日だから、きっと犬と一緒に、何か使える粗大ゴミがないか、近所に見にいったのだろう。

来月には一〇歳になる長女のサナは、小学校に通っていない。

ここ最近というわけではなく、ずうっとだ。

この家の中には、もう誰も「学校に行きなさい」と言うものはいない。サナは、ひとりで本を読んだり勉強をしたり、動物や植物の世話をしながら、暮らしている。

布団の中で寝返りをうち、古い天井の木目を見ながら、先月の家庭訪問のことを思い出す。四年生になり、新しくサナの担任になった先生が、家庭訪問に来たのは一か月ほど前だ。一通りの挨拶をした後、切り出された。

「お母さん、学校に通わせることについては、どうお考えになりますか。サナちゃんは、頭の良いお子さんだと、前の担任からも聞いています。私どもとしては、学校に通わせてほしいのですが」

顔にそばかすが残り、髪をひとつに結わえた目の前の女性は、いかにも初々しい。大学を卒業し、先生になって一年目だそうだ。年齢は、私の半分くらいだろう。その先生が、まっすぐに語りかけてくる。

……気色が悪い。苦手だ。

「人を育てよう」なんてことを考える職業は、年を取っても、こういう目つきの人が多い気がする。真摯に伝えようとすれば、必ず相手に伝わるだとか、自分がいい行いをすれば相手もそうしてくれると、無条件に信じている目。

目から視線を少しだけずらし、そばかすを見ながら返事をした。

「……私は、娘が行きたければ、行けばいいいし、そうでないなら、無理強いしたくないです。娘の人生は、娘が決めることだから。私には関係ないし、好きにすればいいんじゃないですか」

関係ない、という表現が悪かったのか、先生はムッとした表情をした。

「何を言うんですか。関係なくないですよ。お母さんが諦めなければ、娘さんにも思いが届きますよ。学校に通うようになりますよ。お母さんの強い思いが大事なんじゃないですか」

と、小鼻を膨らませて、言った。先生が身を乗り出した勢いで、粗大ゴミから拾ってきた、はげかかった白色の丸いテーブルが少し軋んだ。

ああ、やっぱり苦手だ、この人。いい人さだとか熱心さだとかで拳を包んで、殴りかかってくる。本人には悪気はないんだろうけれど。

私の願いが足りないから、私の努力が足りないから、サナが学校に行かないとでもいうのか。強く思いさえすれば、子どもは思い通りになるものだと、思っているのだろうか。私がこうなってほしいと願えば、その通りに動くような都合のいい生き物なんて、この世にいるわけもないのに。

サナは、私が産んだ娘だ。
だけれど、他人だ。
同じ家に住んでいようが、血が繋がっていようが、他人は他人だ。
一緒に生まれるわけじゃないし、一緒に死んでくれるわけじゃない。

通じ合えそうもない相手に何を言ったらいいかわからず、私は黙った。テーブルの上の湯のみに手を伸ばし、わざと両手で包み込んで、くるくると回した。この先生、早く帰ってくれればいいのに。

そんな膠着《こうちゃく》した状態のところに、サナがドアを開けて居間に顔を見せた。

Tシャツの首元はヨレヨレになり、一本しかないジーンズは膝小僧に穴が空いている。まったくの無表情で、「こんにちは」と言った。来訪を喜んだわけではなくて、儀礼的に一応口にしてみました、とわかりやすい響きだった。

「ねえ、学校に通ってほしいと、お母さんも本当は思っていると思うのよ。学校に来てみない？」

先生が話しかける対象は、私からサナに移ったようだった。サナは表情を変えずにふんふんと聞いた後に、先生の坐っている椅子のところまで歩いていき、先生の手の上に、何かを両手でそっと置いた。

同時に、「ぎゃっ」という声が響き、先生がガタンと立ち上がった。ビー玉、あるいは貝殻か何かを渡したのかと思ったら、サナが手に持っていたのはモモンガだった。

知らない人の匂いにびっくりしたのか、先生の掌の上におしっこをして、モモンガはテーブルから飛び降り、隣の部屋へと駆けていった。

手の上の黄色い水をどうしていいかわからず、立ち尽くす先生に、サナは無表情で「はい、ティッシュ」と、ティッシュの箱を差し出した。動物が嫌いなんだろうか、先生はそれを掴み取り、ゴシゴシと手を擦り始めた。私は、北斗七星みたいな形のそばかすだな、なんて思いながら他人事のようにその光景を見ていた。

「うちにいるモモンガたち、どっちが雌でどっちが雄か、見分けられますか?」

サナが唐突に尋ねた。何を言い出したのかわからないと言うように、先生が首をかしげる。

「今の子は雄。生殖器と肛門の位置が遠いんです」

たたみ掛けるように、サナが話す。

「この子たち、毎日虫を食べて、生きているんです。わたしがミルワームを何百匹も繁殖させて、近所でコオロギやバッタを捕まえてきて。どういう格好で巣の中で眠っているか、体温は何度か、知らないでしょ。教科書に載っている以上のことは、わからないんでしょ」

「生き物のことだけじゃなくて、学校だからこそ、学べることもあるわよ。クラスのお友達と遊んだりとかね。ひとりじゃ、つまらないでしょう」

と、先生が若干小馬鹿にした調子で言った。サナの顔つきがキッとなった。

「……つまんなくなんて、ない。わたしはいきものだけいればいいの。このいきものたちだけが、わたしの友達なの」

先生がしゃがみ込んで、サナの肩の上に手を置いた。ゆうっくりと、猫なで声で話しかける。

「先生はね、サナちゃんに学校に来て欲しいなと思っているの」

「ええと、うちの母さんは、毎日仕事に行っています。それは、人手が欲しいという職場と、お金を稼ぎたいという母さんと、考えていることが一緒だからですよね。先生はわたしに何かを教えたい。けれど教わりたいことは、わたしには別にありません。だから、学校に行くのは成立しないです」

舌ったらずな喋り方だけれど、妙に論理的で、大人にとってぃやぁな返事を、サナがした。あまり友人がおらず、人と喋ることが少ないからなのか、この子の喋り方は、何かをオブラートにくるむようなことがない。

「……前任の先生から聞いていると思うんですけど、もう小学校で習う範囲の勉強は、とっくに終えてます。勉強はひとりでできるし、教わりたいこと、本当にないんです。わたしを学校に連れ出すと先生の評価が上がるとかだったら、役に立てないです。自分の評価を上げるために、人にかまわないでほしい」

それが決定打だった。

かあっと顔を赤くした先生を見て、サナの指摘もまんざら嘘じゃないんだろうな、と思った。娘の問題児っぷりは学校では知れ渡っていて、誰が担任を受け持つかは職員会議で決まるのだと噂で聞いたことがある。

昨年の担任からはハッキリと「おたくの娘が学校に来てくれないと、査定に響くんですよ」と言われた。そんなことを言う教師もずいぶんだなと思ったが、今思えば、善意でくるまれるよりは、いささか好感が持てる。

うつむく先生を横目に、サナは鼻歌を歌いながら、居間を出ていき、モモンガの寝床やトイレの掃除をし始めた。こちらに視線をやることもなく、本当に相手に関心がないことが、よく見て取れた。サナは、そもそも人には大した関心を持たない。

取り付くしまもない様子に、先生はがっかりしながら帰っていった。

そんな風でも、サナが学校に行かないままで許されているのは、勉強ができているからだ。正直サナがやっていることの内容は、去年あたりから、もう理解できないものになった。数字に異様な執着があって、新しい定理や公式なんかを考えているらしいのだが、私にはさっぱりだ。先生だって、こんなに進度が違う子が来ても困るだろうし、行かない方がずっと平和なんじゃないかと思う。

たまに学校に行って、進度を確認するテストを受けるけれど、五分ほどで解き終わり、勝手に教室を出て行ってしまうらしい。「みんなが終わるまで坐ってなさい」と注意しても、「やることは終わっているのに、なんで？」と、いなくなるんですよと、先生に言われたことがある。

前にサナに「ねえ、学校でテストの日、早く解き終わったら何してるの？」と聞いたら、「八百屋さんに野菜屑をもらいに行って、兎や鶏にあげたりとか、あとは畑でモグラ捕まえたりとか」と、悪びれもせずに言っていた。

しかし、自分の娘ながら、サナはとっつきにくい。実の親なのにこう思うなら、血の繋がっていない他人から見ると、憎らしいくらいかもしれない。性格が悪い、というのとは違うのだが、あまり人とは喋らないし、お世辞とか冗談とかもわかっていないようだ。

そんなに笑いもしないし、捉えどころがない。犬や鳥の鳴き真似をして、不思議な声を出しているのを見ると、宇宙人のようにすら見えてくることがある。

でも、そんなサナでも、こんなに朝早く起きて散歩に出るのは、近所の知り合いの子どもたちに会いたくないからかもしれないな……。そんなことを考えながらウトウトしている間に、私はもう一度眠りに落ち、時計のベルで目が覚めた。

朝ごはんを作って、自分のお弁当を詰めて、私がいない間にみんなが食べる昼ごはんを作って、慌ただしく朝が過ぎていく。いつも通りに八時半に家を出て、勤め先へと向かった。中古で安く手に入れた紫色の自転車は、赤茶色の錆があちこちに浮き上がり、ペダルをこぐごとに不穏な音を鳴らす。でも三〇〇〇円の自転車に文句は言えない。九時には、二つ先の駅にある小さな事務所についた。

ホワイトボードで、今日の訪問先を確認する。ここで、訪問介護を行うスタッフとして私が働きはじめて、三年になる。それまで看護師を一五年以上やっていたこともあり、事務所では、わりと大事にしてもらっている。

今日行くのは、松沢トミ子さんのお宅と、清水のおじいちゃんのお宅だ。午後は事務所に戻って、保険関係の事務作業がある。

他のスタッフと一緒に、ワゴン車に乗り込む。

トミ子さんはお気に入りのおばあちゃんなので、少しだけ嬉しい。自動車で一五分くらい走り、うちと同じような安普請の平屋が何軒か立ち並ぶ先にある大きな家が、トミ子さんの家だ。庭に大きな薔薇が生えている。今日は、トミ子さんの入浴介助だ。私一人だけ、車から降ろしてもらう。

ベッドで寝ているトミ子さんを横向けにし、体の下に手を入れて、起き上がらせる。部屋の脇にあるトイレへと誘導し、ウェットティッシュで陰部を拭いた。ずり下げた綿のパジャマは、長く着ているからか、裾が擦り切れていた。トミ子さんの要介護度は、今年の冬から上がった。冷えで関節が痛むのか、起き上がらない日も増えた。

昔、看護師として救急医療を担当していた私には、いまでも「介護」は少し不思議に感じることがある。看護の仕事では、亡くなっていく患者さんはもちろんいるものの、多くは回復して、病院を出ていった。

介護は、治らない。

今日よりも明日が、よりよい状態になっていることは、なかなかない。むしろ、昨日と同じことが今日もできたら、小さく喜ばなくてはいけない。昨日できたことが、今日もできてよかったね、と。

少しずつ、できることを失っていくのが、この世界の日常なのだ。

「奈保子さん、丁寧にありがとうねえ。あたしね、奈保子さんみたいな人が、孫の嫁に来てくれたらいいなってよく思うの。どうかしらね、うちの孫」

トミ子さんは、何度言っても、私のことを独身だと思っている。孫に嫁がなかなか見つからないみたいで、いつもこの会話がくり返される。それでも、自分の家にいるよりもだいぶ平和な会話なので、気分が楽だ。

笑うトミ子さんに、ふふふ、と私は笑みを返した。

「そんな、そんなぁ。私はもう、一〇歳になる娘がいるんですよ」

「あら、そうなのお。若く見えるわねえ。独身だとばかり思ってたのよ」

自分の家では、笑いながら話すことなんて、もうほとんどない。

傷つけてしまうかもしれないから、「前も言いましたよね」とは言わない。

私はいつも、はじめて言われたように驚く。はじめて言われたように恥ずかしがり、笑う。だって、相手にとっては、それが真実なのだ。忘れてばっかりなんて、こちらの勝手な言い分だ。ひとさまの記憶に文句を言える義理も、きっと残っているだろう小さなプライドを壊していい理由も、ない。

だから私は、いつもまっしろな笑いを返す。頭のいい人間ではないけれど、こういう風にまっしろになれるのが、自分の小さな才能かもしれない。

「来週もまた来ますからね」と言って、お宅を後にした。家を出ると、アプローチに咲く、小さな赤い薔薇が、満開になっていた。おうちのご家族の人たち、こんなに薔薇の手入れをするんだったら、トミ子さんに新しいパジャマを買えばいいのに。一瞬そんな思いが頭をよぎったが、薔薇に罪はないなと思い直し、花びらを撫でた。びろうどのように、なめらかで綺麗だった。「綺麗だ」と素直に思えるって、いいなあ、と思った。

この時間がずっと続けばいいのに。

家に、帰らなくても良くなればいいのに。

事務所に戻り、昼の休憩の時間になった。ご飯を早々に済ませて外出し、銀行の列へと並んだ。先月働いた分の給与が振り込まれたのを確認し、そのうち五万円を大家さんの口座へと振込み、生活費を下ろした。

残金が少ない通帳をしまい、もう一つの通帳をATMへと滑り込ませた。私が、コツコツと毎月へそくりを貯めている口座だ。お金があることを知られると使われてしまうから、この口座があることは、しげちゃんにも知らせていない。

私しか知らない、私だけの貯金だ。

今月のへそくりの分を入れて、残高を記帳すると、一〇〇万円を超えていた。

両手で通帳をじっと見ていると、後ろから咳払いが聞こえた。人がいっぱい並んでいることに気づき、列から急いで外れて、銀行の外に出た。少し離れたところで、もう一度残高のページを開き、両手で通帳を握って、眺めた。やっぱり間違いなく、一〇〇万円ある。もともと、いずれ世界一周したいなあと思って、貯め始めたお金だった。

行ける。

帰らなくても良くなる。

頭の中にあったのは、少し前に触った、薔薇の花びらの滑らかさだった。あの赤い色、棘、すべすべとした花弁の感触。家で、ビールの空き缶や生ごみばかりを触る日々と、もうさよならできる……。

世界とまでは行かなくても、日本を周るくらいはできるはずだ。これで、行けるところまで行ってみようか。

そう考えたら、急に生きる気力が湧いた。そんな感覚は、久しぶりだった。こうして気力が湧いている時に、行動に移さなきゃ。

事務所に戻って、午後の事務作業を終わらせた後、みんなが帰ったのを見計らって、「来月末いっぱいで、ここを辞めたいと考えています」と上司に切り出した。林さんという、顔の骨がゴツゴツとした、ぶっきらぼうなおじさんだ。けれど、実はとても従業員のことを親身に考えていて、みんなのシフトが楽になるように、細かな調整をいろいろやってくれている。

「急にどうしたんだい。引っ越しとか?」

「いいえ、ちょっと。長く旅行に出たいもので」

「なら、休職でもいいんじゃないか。知っているだろうけど、人手も足りていないんだし。子どもの世話も大変な中で、奈保子さんがうちに勤めてくれてきたのを、ありがたいと思っているよ」

「いいえ……、その。旅のあとも、ここには戻らないつもりなんです」

ふと、口から飛び出た言葉に驚いたのは、林さんではなくて自分自身だった。私はそう思っていたのか。私はもう、ここには戻らないつもりなんだ。

林さんは、「よく理解できない」といったけげんな表情を一瞬こちらに向けた後、「そうなんだ、じゃあ気が変わったら連絡してね」と言った。声色に、介護サービスの利用者さんに向けるような柔らかさが混じったのは、きっと彼なりに気を使ったのだろう。家庭でなにか事情でもあったのか、家出か何かなのか、と。

でも、何を思われても、もう気にならなかった。今のこの状態が変わるということに、私は興奮していた。

頭を下げて事務所を出て、自転車を漕ぎ始めると、驚くほどにペダルが軽かった。いつも見ているさびれた遊歩道も、長い川を渡る橋も、夏に向かって毎日伸びてゆく夕陽も、もう、すべてが違う色に見えた。拭いても拭いても錆の取れない自転車の、キシキシとした音も、なんだか愛おしく感じた。

私は、もうここから抜け出すんだ。

そう決まってしまったら、急にすべての小さなものたちが、かけがえのないもののように感じた。

最後に思ったのは、仕事の引継ぎのことでも、家族になんと言うかでも、お金の心配でもなくて、トミ子さんのことだった。

トミ子さんは、次にやってくるだろう担当者にも、「孫のお嫁になって」って言うんだろうか。担当になる人は、毎回はじめて聞くように、笑ってくれるんだろうか。その人も、庭の薔薇を見て、何かを思うだろうか。

そうだ。次にトミ子さんに会う時、「私ね、日本一周に行ってくるんですよ」と言おう。トミ子さんは、痩せた体で「まあ！」と驚く。そうして、「じゃあ帰ってきたら、孫の嫁にならない？」と言うに違いない。

私はその光景を思い浮かべ、夕陽を横目に見ながら、二人の娘が待つ家へと自転車で駆け抜けていった。

# 3——ダンとの、言えない約束

小田原　一九九八年七月十九日

その日は、あまりに呆気なくやってきた。

朝、いつものように顔中を舐めまわされて、起こされる。ショートパンツを穿《は》いて、赤いリードをダンにつける。興奮するダンを引き連れながら、錆びついた門がきしまないように、そうっと開けた。

ダンは、去年の春に我が家にやってきた。うちにはお金がないのに、父さんも母さんもとても気に入って、月賦で買った。オッドアイで片目が緑、片目が茶色のダンは、うちには似合わない高貴な生き物に見えた。テレビも洗濯機もないし、月賦で何かを買うなんて、初めてだ。

犬を飼うのも初めてだから、ほかと比べて優秀かどうかなんてわからないけど、ダンは最高の犬。最高の友人。

はじめて、わたしをかばってくれた生き物だ。

三か月ほど前に、父が、わたしを殴ろうと木刀を振り上げた。この家では、怒った時に誰かが誰かを殴ることはもう日常茶飯事になっていて、一回一回、あれがどうしてだったかとか、誰が悪かっただとか、もう覚えていない。わたしがたてた物音が気に入らなかったとか、父に新しい仕事が来ないとか、酒を買うお金がないとか、そういったことだったろうと思う。

父や母は「しつけ」といつも言うけれど、自分の何が悪かったのかは、よくわからない。気づいたら金切り声が聞こえて、いきなり父か母の「機嫌スイッチ」がオンになっている。「機嫌スイッチ」というのは、妹のカホとわたしの作った言葉だ。

わたしは人間の友だちがいないから、他の「お母さん」という生き物を観察したことはあまりないけれど、うちの母さんは割と天真爛漫だし、頑張り屋だし、優しい性格なんじゃないかと思う。最近はあまりないけれど、父さんが働いていた頃は、よく歌を歌ったりしながら散歩に行った。お年寄りの世話をする仕事をしているし、わたしが飼っている動物や、庭の植物にも優しい。梅雨時なんかは、間違えて道路のアスファルトの上に出てきてしまったミミズをいちいち拾って、土の上に戻したりしている。

でも、たまに、普段の様子とはうって変わって、大声で怒鳴りだす。小柄な体のどこから、あんなに……と思うくらい、大きな声だ。

わたしたちには見えないコンセントのようなものに体をつなげて、どこかからエネルギーを供給しているのかな。誰か悪い人に操られているのかな。そんな風に、カホと考えたこともある。それくらい、母さんは違う人のようになってしまう。わたしたちは、母さんのその移り変わりを、ひそかに機嫌スイッチと呼んでいる。

父さんの場合は、スイッチの切り替わりはわかりやすくて、お酒がその引き金になることが多い。お酒を飲むとスイッチがオンになり、一晩寝ると、別人のようになっている。

その時も、気づいたら激昂している父が、わたしに木刀を振りかざしていた。ダンは、わたしのまわりをクルクルと回りながら、興奮して吠え続けている。黒いふさふさとした尻尾と、父の振りかざした木刀の切っ先が、目の前で揺れていた。紺色の厚手の着物がはだけて、太ももが見えていた。昔の文豪のような暮らしに憧れているのか、父は家で着物を着ていることが多い。

父さん、またお酒を飲んでいるんだ。

ふらつく木刀の切っ先を見ながら、そう思った。きっと、わたしを殴ったことも、何もかも、寝て起きたら、忘れてしまうんだろう。そうして、何事もなかったかのように、「サナちゃん、お金が入ったら何か欲しいもの買ってあげるよ」と笑顔で言うのだ。

長い刀を避けられるとも思えず、体を丸めて、手で頭を抱えた。自分の膝小僧が、すぐ目の前に見えた。そろそろバシッという音とともに、背中に衝撃が走るだろう。

やだな、いやだなぁ。

木刀で殴られたことはないけど、痛そうだ。

こぶしで殴られても痣ができるのに。

でも、わたしにはどうにもできない……。


次の瞬間、悲鳴をあげたのは、わたしではなく父だった。

怖々と頭をあげると、ダンが父の太ももに喰らいついている。

父は木刀を持ったまま、両手をばんざいするような形で、体を左右に振り回し始めた。

ダンはそれでも顎をゆるめなかった。犬歯が刺さったところから、縦につうっと血が流れ始めるのが見えた。

「誰がお前を買ってやったと思ってるんだよぉぉ、この犬畜生がぁ」

と叫びながら、父がダンに木刀を振り下ろした。

「やめてよ！　ダンを殴らないで！」

というわたしの声と、ダンの甲高いキャンという鳴き声が聞こえるのが、同時だった。

ダンは飛びすさって着地し、父とわたしの間に立ち、父を睨んで、また牙をむいて唸りはじめた。隙を見せたら、二回目の攻撃をするだろう。運よく硬いところにあたったのか、どうやら骨が折れたりはしていないようで、ホッとした。わたしが怪我をするよりも、ダンが怪我をする方が、ずうっとずっと、嫌だった。

「サナぁ、そいつをなんとかしろっ」

そう叫ぶ父の太ももからは血が流れ続けていた。叫んで体を震わせるごとに、畳に赤い雫が、ぴっぴっと飛んだ。

血が嫌いな父は、自分の足元を見て意気消沈したようだった。この様子ならもう殴らないだろうというのを見計らって、

「ダン、もう落ち着いていいのよ、ダン……」

と歌うように声をかけたら、ダンは尻尾をゆっくりと振り、すぐにおとなしくなった。

父は、「獣とばかり喋りやがって……」と小さくつぶやき、苦々しい表情でこちらを見た。

「足、大丈夫?」とは声をかけなかった。

わたしは、何も言わなかった。無表情で、父を見た。何も言わないということくらいしか、わたしにはできることがなかった。

父が立ち去ってから、ぼろぼろっと涙がこぼれ、ダンが頬に流れるそれを全部舐めとっ

た。舌は熱くて、自分の顔からは犬の口の中のむわあっとした匂いがした。

無力で、ごめんね。

泣きながら、ダンが木刀で打たれた箇所を、わたしはそうっと撫でた。


家の門を出て右に曲がると、草がぼうぼうに生えた、広い空き地がある。その横を抜けてまっすぐ歩くと、川があって、その橋を渡った向こうは、田んぼや梅林が山の麓までずっと連なっている。

散歩に出たダンは、いつもよりはしゃぎ、もっと走りたいというように、リードをぐいぐいと引いてみせた。今日が、私との最後の散歩になるかもしれない、ってわかってるんだろうか。

「いいよ、走ろうか。競争しよう」

わたしは紺色のスニーカーを脱いで、裸足になった。カラカラとした落ち葉を裸足で踏みしめるのも好きだけれど、葉が青々とのびてゆく季節は、水分を含んだ草が足を包んでくれて、とても気持ちがいい。春はこのあぜ道でヨモギやつくしを摘んで、お餅やお浸しをつくるし、夏は横の小川でメダカを捕ったりする。

まわりに車や人気のないことを確かめてから、リードをパッと離した。ダンと私は、両側に田んぼが広がるあぜ道を、走り始めた。目には見えない風が、わたしを撫で回しては、ひゅうと立ち去っていく。耳や首元がすうすうとして、なんだか心許なかった。走ると二の腕をさわさわと揺れる髪も、もう、ない。

「男の子に見えるようにしないと、旅行中に危ないでしょう」

とこないだ母さんに丸刈りにされて、わたしとカホの髪は一センチくらいの長さになっていた。

服が汚れないように穴を開けたゴミ袋を被り、庭に出した椅子の上に坐る。母さんがジョキジョキと髪を落とすと、長い髪の毛がとぐろを巻いて土に吸い込まれていく。切り取られていく髪の隙間から、庭にある大きな梅の木が見えていた。

梅は、毎年秋に剪定《せんてい》される。好き勝手に枝を落とされても、何の文句も言わないこの木のことを考えながら、わたしもただじっとしていた。

カホは「そんな髪にしたくないよぅ、学校でみんなにいじめられるよぅ」と涙と鼻水を垂らしながらわめいていたが、最後には、ぐしゃぐしゃの赤い顔で、髪を刈られた。

妹とわたしの細い焦げ茶色の髪が、梅の木の下に、落ち葉のように積み重なっていった。

さっきまでわたしを避けて、道を開けてくれていた風が、だんだんともつれて重く絡み合ってきた。息がだんだん上がって、わたしのスピードが遅れている。ダンは、すでにもう数十メートル先にいる。

ダンの走る姿は綺麗だ。一目散に、振り向きもしないで、あんなに速く、速く。競争しても、私はいつもダンの後ろ姿を見てばかり。

ペースをゆっくり落とし、歩きながら、「わたしの負け！　戻っておいで」と、山の方へ声をはりあげた。その声に反応して、ダンの頭が小さく振り向き、続いて尻尾が少し大きな弧を描いて、くるりと一八〇度回る。そして、立ち並ぶ山々や朝露できらきらと輝く青稲を背に、一目散にこちらに駆けてくる。

疑いもしないで、まっすぐに。

その光景はとても美しかった。

ダンの足は速いから、わたしのところに着くまでに一〇秒もかからないくらいだと思うけれど、なぜかその日は、ゆっくり見えた。地面の石ころや草が、わたしの足の裏を柔らかく刺す感触がくっきりと感じられ、透明なはずの朝露が、金色の霧のように瞬いていた。

あまりに美しくて、この世で一番大事なもののように見えて、逃げ出したくなった。

一緒に、ふたりで、逃げられたらいいのに。

いま目に映るものだけを大事に抱えて、この世の怖いもの、脅かしてくるものすべてから、逃げられたらいいのに。


飛びついて来たダンの前足を摑んで、踊るようにもつれあいながら、川沿いの土手に寝転んで、話をした。

「ダン、明日からご飯も散歩も、父さんがやってくれるはずだよ。……でも、おまえ、父さんと一緒にいるよりは、このままどこかに逃げた方が幸せかもしれないね。おまえは綺麗だから、きっと拾った人が飼ってくれるから……」

わかっているのかいないのか、ダンは尻尾をパタパタと振りながら、わたしの隣でうつ伏せになっていた。

「ねえ……わたしたち、生きてまた会えると思う?」

言葉にしたら、急に怖くなってきて、青い空の下で身震いをした。それは、ここ最近の、一番の不安だった。

「日本一周するんだからね、もう仕事も辞めたからね！」と言い始めた母さんは、なんだか妙に明るくて、それが嬉しかったけれど、怖かった。母さんは、何かを吹っ切ってしまったように見えた。

それまでも、母さんのイライラが溜まると、「田舎に帰ってくる」とふらりといなくなってしまうことは、何度かあった。

半年前くらいにも、雪が降った日に、母さんはいなくなった。朝起きたら、しんとしていたので、押入れを開けると、母さんの黒い旅行バッグがなくなっていた。またかぁ、と思った。それはもう何度目かのことで、わたしもあまり驚かなくなっていた。

どちらかというと、「わたしがご飯を作らなきゃいけないなあ。メニュー、何だったら許されるかなあ」という、現実の問題が頭をかすめる。

よその家のことは知らないけれど、ご飯を作る、ということはひどく難しい行為に思えた。みんなの苛立ちや積もり積もったものが、ご飯への感想となって吹き出るからだ。

前に母さんがいなくなった時、お刺身を作ったことがある。父さんの酒のつまみにもなるし、お刺身だったら喜ばれるんじゃないかなあと思ったのだ。

歩いて五〇メートルほどの魚屋さんに行き、「このお金で買えて、刺身で食べれるお魚ください」と、父さんからもらったよれよれの千円札を渡した。

「あんた、そこの坂の下に住んでる子だろ。今日はねぇ、アジがたくさん入ってるよ」

たしか、ここの魚屋さんの息子は、わたしやカホと同じ小学校にいる。だからきっと、私のことも知っているのだろう。自分ではよくわからないのだけれど、前にカホから「お姉ちゃん、学校に来ていないけど、学校で有名だよ。みぃんな知ってる」と言われたことがある。

「それじゃ、アジにする。わたしが捌《さば》くんだ」

「おお、お嬢ちゃん偉いねえ。うちの息子にもやってもらいたいもんだよ。それじゃおまけしちゃおうねぇ」

「わぁ、嬉しい。助かるなあ」

と私はニコニコとして言った。お世辞ではなく、食べ物をまけてくれるのは、とても助かるし、嬉しい。ふだん、あまり表情がない子だと言われるけれど、わたしは、意味があるなら愛想よくできる。笑う意味がないときに、笑わないだけだ。

家に帰って、魚をまな板に載せてみた。頭の上に垂直に包丁を立て、両手で一気に押した。頭が落ちて、生臭い香りがした。むかし母さんに教えてもらったように三枚下ろしにして、刺身を花びらみたいに円形に並べた後、父さんに出した。

父さんは、じろっと皿を眺め回した後、刺身の一つをつまんだ。

「すけてないな」

と言われた。言ってることがよくわからなくて首を傾げたら、

「母さんが切った刺身は、透明感があるだろ。ちゃんと薄く切られた魚は、透けるもんなんだよ。なんで母さんみたいに切れねえんだよ。そんなもん食べられるか」

と、父さんは吐き捨てるように言った。

父さん、母さんがいないと寂しいんだ……。帰ってきてほしいんだ。

たぶん、わたしがどんな魚料理を出しても、「これは違う」と言うのだろう。ご飯に文句があるというより、母さんがいないことに文句があるのだ。

父さんに言われた後、今ある刺身をもっと薄く削げないか、そしたら透明になるんじゃないかと、包丁を入れてはみた。けれど、裏返したり引っ張ったり、わたしがいじくり回すほど、手の温度でどんどん色が濁ってしまうのだ。

しょうがないので、カホと二人で、たくさんの刺身と白米を食べた。

濁った花びらが、皿から少しずつ欠けて、カホと私の胃の中に落ちていった。

「……まぁ、母さんが何かを変えたいって思ったのは、きっといいことなんだよね」

と、誰にともなく呟いた。

今の状況が嫌なのは、わたしもおんなじだった。母さんにとってすごくこの状況が大変で、追い詰められていることもよく知っていた。

母さんの振り切ったような感じや、少し異様な興奮に対する怖さは相変わらずあった。「行かないっ、こんな旅行やめるっ」と家で泣き叫ぶこと、そうして旅が取りやめになることも、何度も何度も想像した。

でも、そんなことはもうありえない。

誰かが行かないと行ったところで、母さんは行く。父さんが「野宿なんて危ないことは嫌だよ」と何度言っても、「じゃあ、別に来なくていいわ。私たちだけで行くから」と言って、結局父さんは行かないことになってしまった。母さんにとっては、この旅は、譲れない夢のようなものなのだろう。

夢、かぁ。その言葉には明るいイメージがあるのに、わたしはどうして不安を拭いきれないのだろう。それとも、夢とは不安を携えているものなのだろうか。

「母さんはさーぁ、子どもだろうと何だろうと、ひとりの人間だから、自分で自分がどうするか一〇〇パーセント決めなさいって言うけどさ。一〇〇パーセントなんて無理だよね。だって私、ひとりで生活するお金もないし、殴られたら殴り返すこともできないし、大人が『絶対にこうする』って決めちゃったら、どうにもできないもん。もう決まっちゃってるから、行くしかないんだよねぇ」

ダンの口の横のたるんだ皮を、びよんびよんと揉みしだきながら、ひとしきり喋ると、諦めがついた。

「じゃ、お家帰ろうか。行く準備しなくっちゃ」

私とダンは土手の斜面を登って、梅林の脇をすり抜けて、家へと走り始めた。

家に帰ると、食卓の白いテーブルの上にパンが入った袋が置かれていた。フランスパンが半分と、わたしの手のひらくらいの大きさの白い丸パンが一つあって、母さんに、

「もうみんな食べたの？　これって私の分？」

と聞くと、

「ううん、みんなの分。父さんもカホも、まだ寝てる」

という返事が来た。

慎重に均等に割って、四分の一だけもらって、食べた。古くなったフランスパンは固くなっていて、Ｔシャツの上に欠片がパラパラと落ちた。旅行中は何を食べるんだろう、美味しいものがあるといいなぁとひっそり思った。

うちのご飯も、美味しくないってわけじゃあない。

魚市場へ行って、大きな魚を二人がかりで持ち帰って、お刺身をおなか一杯食べたり、餃子やハンバーグを作ったりすることもある。でもそれは、月末や月初の話だ。月の中頃になると、カレーライスやシチューが続くようになって、二五日の母さんの給料日前は、具のないケチャップだけのでろっとしたナポリタンとか、小麦粉を練って作るすいとんだとか、そういうものがテーブルに並び始める。

別にそういうのを責めたりするつもりはない。母さんは何も悪くない。でも、父さんさえちゃんと働いてたら、お金のことでギスギスしなくてもいいのかなあとは、たまに考えてしまう。

母さんも席について、わたしが等分した小さなパンをかじった。

「これから、必要なものの最後の買い出し行ってくるから。お昼過ぎに帰ってくるけど、昼ごはんは、余り物でサナが作っといてくれる」

わたしは無言でコクリと頷いて、コップの水を飲み干した。

「あと、夕方にすぐに出られるように、荷物とかちゃんと準備しとくのよ」

と言って、母さんは出ていった。


まず、台所に行って、余り物を探すところから始めた。何となく予想はついていたものの、何もなかった。冷蔵庫の中に肉や魚や卵がないのはもちろん、米すら切れている状態だった。最近雑炊が続いていたのは、母さんなりのコメの節約だったのだ。

床下収納を開けて、何かないか探っていると、余ったそば粉が出て来た。確か前にそば粉を練って煮たことがあるのを思い出して、そば粉を練って団子を作ることにした。少し余っていた白玉粉も使い切ってしまおうと、それも水で練った。

具を探しに庭へ出て、一角に作っている畑を見に行った。今食べれそうなのはナスとキュウリ、トマトくらいのもので、ナスをなっているだけ全部捥いだ。どうせ、父さんは野菜の収穫なんてしないのだから、食べてしまおうと思ったのだ。

食材の準備がひと段落ついたので、旅の荷物の準備をすることにした。といっても、日本一周という割には、そんなに持ち物は多くなかった。

「とにかく荷物を少なくしなさい、山を登る時もいっぱい歩く時もずっと背負うんだから、重いと疲れるでしょう」

と言われたし、夏だから服はすぐ乾くと言われていたので、替えも最小限だけにした。まずは、替えのＴシャツ一枚。これは、今着ているＴシャツを洗っている最中に着ようと思った。そして、寒い時用の長袖のウインドブレーカー一枚、長ズボン一枚。今穿いているカーキの短いズボンは足がにゅうっと出てしまうので、山などではこっちを穿く予定だ。パンツが三枚、靴下三枚。フェイスタオル一枚。それらを小さく畳んで、スーパーでもらうビニール袋に入れた。

あとは緑色のカサカサしたナイロン素材の寝袋、雨合羽。日記をつけるためのノート、鉛筆、消しゴム。この家の住所と電話番号を書いた、緊急連絡用の小さなメモ。それくらいだった。

カエルのマークがついた緑色のリュックに、荷物をぎゅうぎゅうに押し込んでいると、母さんが帰ってきた。そば粉の団子とナスを煮て、味噌で味付けをして、母さんとカホと食べた。庭のキュウリとトマトも、まだ少し青かったけれど並べた。父さんは、まだ寝ていた。たぶん、昨晩は夜中遅くまで、お酒を飲んでいたのだろう。

午後になって目を覚ました父さんに、ノートを渡した。ダンや他の犬、モモンガ、鳥や虫たちの世話、庭の梅の木や草花の手入れをびっしりと書いたもので、表紙に「お世話ノート」と書きつけていた。日本一周に持っていくものなんかより、動植物の世話がきちんとなされるかどうかが、わたしの最大の不安なのだ。洋服が一枚足りないくらいでわたしは死なないけれど、温度管理をまちがえたら、動物たちは死んでしまう。

「父さん、全部ここに書いておいたから。書いてある通りにきちんとやってね。……わたし、動物が死んでたりしたら、父さんのことは一生許さないし、二度と口も利かないから。ちゃんとやるって約束してね」

その時の父さんはお酒も抜けていて、機嫌が良かった。

「サナちゃん、もちろんだよ。大船に乗った気持ちで任せてよ」

と、快く約束してくれた。調子のいい返事に不安を感じたものの、信じるしかなかったから、「絶対だよ、お願いね」と何度も念押しした。

夕方、母さんは大量のカレーを作った。いつも一回に作る量の、倍くらい。父さんが、今日の夜や明日、明後日に食べる分だ。

「夏場だから、食べる前にちゃんと火を入れてね」

と言い、家にカレーの匂いが立ち込める中、まだ明るさの残る一八時ごろに家を出た。

家から二キロメートルほどの駅まで、荷物を持って、歩いた。父さんは、ダンのリードを持って、一緒についてきてくれた。


寝袋は母さんに持ってもらっていたけど、カホも自分のリュックに、洋服や下着を詰めて、背負っていた。カホが「寝台列車だって、楽しみだねぇ」ときゃっきゃと騒いでいるのが、道中の救いだった。わたしも負けないように、楽しそうな声をあげた。何か不安があったとしても、楽しそうなふりをするというのが、まわりにも、そして自分の気持ちにも大事だというのが、わたしの小さな信条だった。

後ろの方では、父さんと母さんが「いつ帰ってくるの」「決めてないのよ、何度も言うけど」とボソボソと会話をしていた。

聞いていると不安が増えていきそうだったので、

「ねえ、リュック背負ってても速く走れるか競争しようよ」

とカホに声をかけ、二人で少し先まで走り、母さんたちと距離をとった。

カホの手を引こうと、手のひらを出させた。はい、と差し出されたカホの手は、相変わらずちいさかった。夕日に照らされて光る、オレンジ色の手。

ちいさいと、少ししか持たなくてすむ。

リュックに入っている荷物とかのことだけでなく、父さんや母さんの気持ちとか、家のお金のこととか、この家族の将来とか、そういう不安ごとだとか理不尽さのすべてを、少ししか持たなくてすむ。七歳の、カホ。

わたしは一〇歳で、成人するまでちょうど折り返し地点だ。

もちろん年齢的には子どもなのだけど、自分では、何だか子どもではなくなってきているように思う。

母さんが小さいのもあるけど、最近は母さんの背丈と同じくらいか、わたしの方がちょっと高い。もちろん、子どものふりをした方が都合が良さそうな時は、何にもわからないふりをするようにしているけれど、二、三年前まで気にもならなかったことが、いろいろと見えてきてしまう年齢になった。

このちいさい手の妹が、羨ましくてちょっぴり憎らしい。

駅に着いてしまったので、最後にダンをぎゅうっとした。

ダンは人よりもずっとあったかくて、真っ直ぐにわたしを見ていて、その温かさがかなしかった。

ダンの垂れた耳に口をつけて、わたしはぼそりと呟いた。

誰にも、誰にも聞こえないように。

その言葉をかけると、まとわりついていたダンは大人しくなって、私が改札で駅員さんに切符を切ってもらうのを、おすわりをして見ていた。私がホームの方に曲がって見えなくなるところで、一声だけうぉんと鳴いた。


ホームのベンチに坐って電車を待っていると、隣にいるカホが話しかけてきた。

「ねえ、さっきダンになにか言ったの？　ダン、お利口だったねえ」

「約束だよ。約束は、人に言っちゃあ叶わないものだから、カホには内容はひみつ」

まだちゃんと地面につかない足を、ばたつかせながらカホが返事をした。

「フゥン。言っちゃいけない、か。カホはよくわかんないなぁ」


電車に乗って熱海駅まで移動して、お弁当とお菓子を母さんに買ってもらっていると、特急がホームに入ってきた、ペンキで青く塗りたくったような一四両列車には、運転士さんが顔を出す窓の下に、流れ星のようなマークがついている。

何だか絵本に出てきそうでもあったし、おもちゃみたいでもあった。

おもちゃの列車に乗って旅に出るんだと思ったら、わたしも少し楽しくなってきた。

自分たちの切符はB席の寝台で、通路を挟んで青緑色の二段ベッドがたくさん並んでいるところだった。一つのコンパートメントには四人が眠れるようになっていて、ちゃんと畳んだシーツや枕、スリッパまで置いてあって、とても丁寧だった。うちでは布団を使っていて、ベッドなんて一度も使ったことがなかったから、何だかワクワクした。ほんとうに、絵本の中の主人公みたいな気分だ。

そうこうしているうちに、列車が動き出した。

「自分のベッドのところに、荷物を置いて、早く坐ってちょうだい。上の段のベッドは、寝返りを打って落ちたら危ないから、私が使うわ。サナとカホは下を使いなさいね」

と母さんが言って、私は、進行方向とは逆側の下段のベッドを使うことになった。

ガラス窓から外を覗くと、真っ暗な景色とポツポツとした光が、ひゅうひゅうと飛んでいく。ああ、ほんとうに出発してしまった。旅が、始まったんだ。

はやぶさという名前がついたこの寝台は、日本を一番ながぁく走っているらしい。列車内を探検してみると、私たちの席よりももっと高いような個室もあるらしくて、カップルらしきお兄さんお姉さんが、缶ビールを飲んだりしていた。この列車がどこに連れていってくれるのか、他の乗客の人たちも、みんな少しずつ浮き足だっているようだった。

わたしも、食べなれない駅弁を食べたり、「はじめて」の洪水で、先ほどまでのかすかな不安のようなものは、いつのまにか消えていた。うちがどんな環境だったかも、旅に出ることになったきっかけも、どこかへ飛んでいった。

夜、なぜか途中で目覚めた。

部屋は真っ暗で、カホも母さんもぐっすりと寝ていた。冷たいガラス窓にペッタリと頬をつけて外を覗くと、真っ暗な中をびゅうびゅうと走っていた。たまにポツポツと見える起きている誰かの光が、小さな星みたいだった。

その小さな星も、流れ星のようにしゅっしゅっと、横へ流れていった。

宇宙船みたぁい……。

一昨年の夏に、母さんたちとペルセウス座流星群を見たときのことを、思い出した。あの頃、わたしはまだ母さんよりも背丈が小さかった。カホも学校に入学してなくて、時間がいっぱいあって、あちこちの公園に行って、どこがいちばん街灯が少なくて、いちばん綺麗に見えるかを、いっぱい考えた。

結局、うちの周りがいちばん暗いねということになって、夜を待った。隣の広い空き地に母さんを連れ出して、母さんとカホと、空を眺めていた。

あの頃、わたしはお金のことだとか、父さんはヒモというものらしいこととか、そういうことは全部わかってなくて、ただ流れ星を見ては、綺麗だねぇ楽しいねぇって、今のカホみたいにはしゃいでいた。

あぁ、この列車に流れ星のマークがついていたのは、この光景があるからだったのかもしれない。宇宙船の中にわたし一人が、浮かんでいるみたいな、この光景。

誰も起きていないことを確認して、別れ際にダンに言った言葉を、こっそり呟いた。

わたしたち、生きてまた会おうね。

そうして、わたしは夜を見つめていた。

# 4——生きている山と、はじめての野宿

熊本　一九九八年七月二十日

時計の針は、どちらも、もう空を指そうとしている。一一時、四八分。昨晩熱海から乗った寝台特急はやぶさが、熊本という駅についたのは、もうお昼だった。

九州に来たのは初めてだったけれど、ホームに降り立つと、赤茶色のレンガと白い窓枠の大きな平家の建物が見えて、なんだか別の時代、別の国に来たような気がした。

母さんに「あれは何?」と尋ねると、「車庫じゃない? 列車が眠るところ」と言った。ふぅん、列車も眠るのか、ずっと走るもんなぁ。

母さんが、次に乗る列車の時刻表を確認して、まだかなり時間があるから、お昼を食べることにした。駅のホームのうどん屋さんでお昼ご飯を食べて、ベンチに坐って、列車が来るのを待った。

それまでのわたしは、東は東京、西は熱海くらいまでしか行ったことがなくて、いつも東海道線に乗っていた。だから、列車は一五分置きくらいに来るものだとばかり思っていたけれど、一時間に一本だとか、一日に二本だとか、そういう列車もたくさんあることを、わたしは初めて知った。

旅とは、列車にずっと乗っているものかと思っていたけど、列車を待つ時間の方が多いのかもしれない。膝の上に数学のドリルを広げて、それを解いたりしながら、列車が来るのを待つことにした。日本を一周するのに、一か月かかるのか三か月かかるのかわからないけれど、その間に何もしないと、いろいろ忘れてしまいそうなので、得意な数学だけはやろうと思っていた。

カホはベンチの席を二つ占領して、横になって眠っていた。

赤い列車が来たので、それに乗り込む。九州の真ん中を横に走っているという線路は、豊肥本線というらしい。

「ねぇねぇ、こんなそばまで緑がいっぱい」

とカホが言い、見てみると、線路のすぐそばの地面まで、草花が迫っていた。いつも見ている線路は、子どもなんかがいたずらできないようにフェンスに囲まれていて、何本か真っ直ぐ伸びているけれど、ここでは一本の線路が、くねくねと緑の中を走っていた。緑を抜けた時に、広い空や、その下にたまにあるポツポツとした家々が、見える。

いぃつか来た丘　かぁさんと　一緒に眺めたあの島よ
今日もひとりでぇ見ていると　優しい母さん思われるぅ

景色にも見飽きたカホとわたしは、手遊びをして気を紛らわせた。両手で一回拍手したあと、目の前の人と、手の甲、手のひらをパンパンパンと合わせていくのだが、電車で揺れているからか、なかなか難しい。何回めかで、ようやく綺麗にできた。

こういう手遊びを何種類か知っているけれど、わたしは小学校はおろか、保育園や幼稚園にも行っていないし、きっと母さんが教えてくれたのだろう。

うるさくて怒られるかなとちらりと周りを見渡したけど、おんなじ車両には数えるほどしか乗客がいなかった。少し離れた席のおばさんやおじさんたちは、こちらに温かな目線を向けていて、わたしはホッとした。

母さんも、わたしたちの手遊びを微笑みながら眺めていて、わたしはそういう母さんを、久しぶりに見た気がした。

家にいて、機嫌スイッチが入っている時の母さんは、こういう手遊びや、わたしとカホがきゃあきゃあしているのを嫌う。もちろん、母さんは機嫌が悪い時ばかりではないのだけれど、なんだか最近はそういう時の怖い母さんばかりが頭の中にあった。いつのまにか、怒られるのではないかと顔色を窺うことが染みついていた。

笑っている母さんもたしかにいたんだよなぁと思い出しながら、ああ、旅に出てみてよかったのかもしれないと思ったりした。

列車とバスを乗り継いで、山の麓で、小さなロープウェイに乗った。

両手とおでこと鼻先をガラスにべったりとくっつけて外を見ていたら、隣にいたおじいさんに話しかけられた。

「坊主、火山ば見るとは初めてや」

最初、誰に話しかけているのかわからなくって、周りを見渡した。ちかくには、他に子どもはいない。

誰に話しかけているんだろうと首を傾げ、自分の髪の毛をくしゃくしゃといじろうと頭に触れると、ジョリッとした感覚が走った。そのとき「あっ、わたしたちのことだ」と気づいた。自分たちが、この旅では男の子として振る舞うということを、わたしはすっかり忘れていた。

「あっ、はい、初めてです」

「ええ、そうかい。熊本も初めてか」

「はい」

「阿蘇はよかぞぉ、世界で一番の山だけんのぉ」

聞きなれない喋り方だけれど、地元の人なんだろうか。わたしはまだ、相手の発音から、出身地を読み取るようなことは、できなかった。自分と違うか、同じかということしかわからない。

「阿蘇はな、世界で一番大きかカルデラがあると言われとるとぞ」

「カルデラって、なぁに?」

世界一大きいだなんてちょっとオーバーだなあと思ったが、人懐っこいおじいさんの笑顔は嫌ではなかったし、よく山登りをしていそうな出で立ちだった。

「へそたい。地球のへそ。火山が噴火すっと、凹んでへそができる」

「じゃあ、今はへその上にいるんだ。それにしても、へそだなんて、いきものみたい」

「いきもんぞ、火山は。阿蘇の大地は生きとるとぞ」


ガラスの外に目をやり、生きていると言われている地面を見下ろした。ロープウェイがだんだんと上に上がるほど緑は少なくなり、土や岩がむき出しになってきている。濃い灰色や赤茶色の縞々をした地面は、固そうで、なんだか人が降り立ってはいけない場所のようで、少しぞうっとする。

降りたくないように思ったけれど、ほんの数分で、火口のすぐそばまで辿り着いてしまって、カホの手を握って降りた。火口の周りには、コンクリートでできたモンゴルのゲルのようなものが、いくつか立ち並んでいた。

中に入ってみると、円になっている壁に沿って、ぐるりと石のベンチがあるだけで、トイレも何もない。昔の人が祭祀《さいし》に使うものか、宇宙人が建てたもののような、異質さだった。

円の真ん中で、ぐるりと中を見渡した後、母さんに声をかけた。

「母さん、これって儀式かなんかで使うのかなあ」

朝からの移動で疲れたのか、母さんはいつのまにか石のベンチに坐っている。

わたしやカホはリュックだからまだ少し楽なのだろうけれど、母さんは大きなトートバッグのような肩にかけるかばんだ。かたっぽに重みがかかって、わたしたちより疲れるだろうなぁと思う。

「さっきすれ違った人たちが、待避壕って行ってたわよ」

母さんが、ハンカチで汗を拭きながら答えた。

「たいひごう、って何」

「戦争の、防空壕って聞いたことあるでしょ。爆弾とか、上から降ってくるものを避けるやつ。山が噴火した時は、ここに隠れて、飛んでくる岩とかをやり過ごすみたい」

そう聞くと、さっきまで頑丈そうに見えていたコンクリートの建物が、急に弱々しく見える。実際、火口からもうもうと立ち上っている白い煙に比べて、壕はとても小さい。

もし、あの煙が全部、溶岩や飛んでくる石に変わったら、こんな壕も、人間も、ひとたまりもないような気がした。

母さんが落ち着いたのを見計らって、火口の方まで進んでいくと、さっきまで背中を押していた風が、急に反対向きになって、顔にびゅうと吹き付けた。同時に、匂いが運ばれてきた。卵を腐らせたような、むわあっとした匂い。

むかし母さんが、「これを溶かしたお湯に入れるとね、アトピーや湿疹が良くなるんだって。ゆっくり浸からないとダメよ」と言って、お風呂で溶かしていた、小さな丸い塊も、こんな匂いだった。湯の花、とかいうやつ。くさいのを我慢して、数を数えながら一生懸命浸かると、肌がつるつるになる。けれど、自分からもタオルや布団からも、ずっとその匂いがするのだ。

火口の周りは茶色い木の柵で囲まれていて、すり鉢型に凹んだ地面の底に、コバルトブルーを薄めたような色の水がある。

へそというよりは、目みたいだ。

お父さんの仕事の関係で、外国から引っ越してきたという近所の子が、同じような色の瞳をしていた。

大きな瞳を、吸い込まれるように覗き込んだ。

わざわざ、こんな広い駐車場やロープウェイを作って、避難して隠れるところを作ってまで、ここを見ようとしてきた人たちの気持ちが、少しだけわかる気がした。この目もこの地面も生まれたままの生々しさがあって、きっとそれに、人は惹かれるのだ。

わたしは、これまで東京と神奈川のあちこちに住んできた。父さんと母さんが引っ越しが好きなのか、同じところに居続けられないのか、二年以上同じ場所に住んだことはない。今の家は去年の夏に引っ越してきたのだけれど、庭もあるし、少し走れば田んぼや小川や泥んこの道があって、気に入っている。

東京に住んでいた頃なんかは、ずうっとコンクリートの道が続いていた。たまに、とってつけたような公園や、まわりをコンクリートで固められた川なんかがおまけのようにある。けど、用意された自然のようなものしか、そこにはなかった。

その町が昔どんなところだったのか、何が生えていたのか、私が生まれる前にどういう光景だったのか、そういうのはあまりわからない。何かを飾ったり、いろいろなものに地面が覆われていて、化粧の厚いおばさんみたいな感じだ。

けれど、ここは違う。ここは裸だ。

きっと、わたしが生まれる前も、おばあちゃんが生まれる前も、こういう光景があったんだ。むきだしで、化粧もしていない、裸のままの大地と、煙を吹き上げる青い目。何かがあっても、わたしたちにはどうにもできなくて、命を預けるしかない大きさ。とるに足らない人間でしかない心もとない気持ちと、自分がちっぽけな存在であることへの不思議な安堵感が、じんわりと生まれた。

ずっと見ていると、硫黄の匂いのせいか、煙の中に含まれている何かの成分のせいなのか、なんだか喉が痛くなってきて、火口から離れることにした。

「この石、拾ってお土産に持って帰ろうよぉ」

とカホが地面にしゃがみこむ。毎日あちこちで拾っていたらリュックがもう一つ必要なのになぁと苦笑したけれど、わたしも真似して、石を三つ拾った。溶岩が固まった黒い穴ぼこだらけの石と、鮮やかな赤い石、黄色い石。

歩いて火口から山を下ってみたかったけど、母さんのかばんを見ると、トートバッグで山を降りていくのは少し難しそうに思えた。「帰りもロープウェイに乗ろうよ。景色が綺麗だったし」と、ロープウェイに乗り込んだ。

行くときに見た、むき出しになった岩々は、夕日に照らされて赤く染まっていた。岩も緑も、阿蘇の山すべてが真っ赤に染まって輝いていた。

持って帰れたら、いいのに。

石なんかじゃなくて、これを今見ているままに留めて、ぜんぶ持って帰れたらいいのに。見漏らさないように、カホと喋りもせずにわたしはその光景を見ていた。ガラスにぺたりと張り付かせていたわたしの手も赤く染まっていて、指と指の隙間の水かきのような部分から、血管が透けた。

ロープウェイを降りて、駅までのバスの中でも、わたしはずうっとガラス窓に手を張り付かせて、赤い山々と、赤い命の管を、ぼうっと見ていた。

生きている。生きている、ということ。

阿蘇駅の隣には、八百屋さんとお土産屋さんと簡単な食事処が一緒くたになった、道の駅というお店があって、わたしたちはそこで晩ご飯を食べることにした。「なんでも食べていいわよ」と言われたけれど、旅の最初から贅沢しないようにと、できるだけ安いパックのお惣菜とおにぎりをいくつか見繕って、並べて食べた。あとでお金が無くなると困るからだ。

「ねぇ、お姉ちゃん。そっちのおかずちょうだいよ」

小さな声で返事をした。

「カホ、大きい声でお姉ちゃんて言っちゃあダメじゃん。女の子だと危ないから、男の子に見えるようにって、わたしたち髪切ったんでしょ」

「えー、じゃどうするの」

「サナもカホも、女の子ってすぐわかる名前だもんねぇ」

「じゃあ、お姉ちゃんはダメなんだから、お兄ちゃんって呼ぶ。この旅行の間は、サナ姉は、お姉ちゃんじゃなくてお兄ちゃん」

そんな話をしていると、お手洗いから母さんが戻ってきた。

「あんたたち、それ食べ終わったら、お弁当とかおにぎりとか、朝ごはんも買っておいてね。今日はここに泊まって、明日はまた朝から電車で移動するから」


ご飯を買い込んだわたしたちは、外に出て、今日寝る場所を探すことにした。駅前には、すでに横たわっている人が、パッと数えただけで一五人以上いる。口にはしなかったけれど、わたしは小さく驚いた。うちみたいにお金がないからなのかはわからないけど、こんなにたくさん野宿している人が世の中にいるなんて、思ってもいなかった。

一人で隅っこにいる人もいれば、何人かのグループであぐらをかいてお酒を飲んでいる人たちもいた。金色や茶色の髪をした、外国から来ているだろう人たちもいる。たいていの人は、わたしたちよりずっと大きくて頑丈そうなリュックを持っていた。

三〇代くらいのグループの人たちは、わたしたちを見ると、「あの男の子たち、親子で野宿ぅ。やるねぇ」「どっかに父親もいるんじゃない?」などと話し始め、わたしはなんだかうまく目が合わせられなくて、顔を背けた。

「たくさんの人が寝てるってことは、きっとここは安全ってことよ」

と母さんがいい、一番駅の入り口に近い場所に、わたしたちは寝袋を敷くことにした。ここだったら、何かあっても一番人目につくし、まわりの誰かが気づいてくれるかもしれないから、というのが母さんの考えだった。

こんなところに寝るなんて、駅を通る人が迷惑じゃないのかなあと少し思ったけれど、街と違って列車は一日数本しかなく、夕方で最終電車も終わっていた。

コンクリートの上に、寝袋を敷いて、潜り込んでみた。寝袋は簡易なつくりで、折り紙を半分に折りたたんだようなもので、長辺をチャックで閉めることができる。中に入って、自分でジッパーを閉めると、長方形の封筒から頭だけ出しているような状態になる。寝袋で寝るのは初めてだったけれど、ガサガサとした生地は思ったより温かくて、汗をかいてしまうくらいだった。

「お兄ちゃんさー、これあったかいね。家でもこれで寝ればいいね」

カホが、ミノムシのように頭だけ出した状態で、言った。カホの体には大人用の寝袋は大きすぎて、そのアンバランスさがなんだかおかしかった。

「そうだねぇ。うち、木造だからか古いからなのか、冬は寒いもんね。暖房もないしさ、家の中でも息が白いし」

家の中で、カホと寝袋を二つ並べて寝ているところを想像しながら、わたしは顔まで寝袋をかぶり、寝ようとした。

だけれど、なぜか眠れなかった。

目をつぶって数を数えてみても、仰向けや横向きなどいろいろ試してみても、どうにも目が冴えてしまう。それが、外で寝ているからなのか、近くに知らない人たちがいるようなところだからなのかは、よくわからなかった。いつもは寝つきがいいのに、自分でも不思議だった。

わたしは諦めて、寝袋から顔を出した。母さんもカホも、顔を隠しているので、起きているのか寝ているのかわからなかったけど、「……トイレに行ってくる」と誰にともなく、声をかけ、寝袋から這い出た。汗をかいてうっすら湿った肌に、風が当たって、冷たい。

ご飯を食べた道の駅の前にトイレがあったので、そこを目指した。道の駅ももう明かりは消えていて、街灯の光だけが、あたりを照らしていた。明るいうちはあんなに人がいて、安い野菜だとかお土産なんかを選びながら楽しそうにしていたのに、夜は違う世界みたいに誰もいない。

みんな、帰る家があるんだ。

家に帰るから、誰か渡したい人がいるから、ああいった場所でお土産を買う。そう思うと、自分たちが何をしているのか、よくわからなくなった。もちろんわたしたちにも家はあるのだけど、なんだか、お土産を買っていた人たちが帰る家とは、何かが違う感じがした。わたしとカホが拾った溶岩のかけらも、渡したい人がいるわけじゃなかった。

トイレは真っ暗で、壁にあるスイッチを押すと、青白い蛍光灯がパッとついた。照らされたトイレは、蜘蛛の巣が目立って薄汚れており、電灯をつけたことを少しだけ後悔した。饐《す》えた匂いもして、お世辞にも綺麗とは言えないけれど、外のトイレなんてこういうものなんだろう。これから慣れなきゃいけないなぁ、こういう環境に。

用を足して自分の寝袋に戻ろうとすると、車道のそばにあるベンチに、大きな丸いビニールの塊があった。さっき通り過ぎた時は、急ぎ足だったから気づかなかった。塊というよりは、ビニールの繭《まゆ》みたいな長い楕円形のものが、そこに鎮座していた。大きなゴミのようでもあったし、何かの卵みたいでもあった。

ふしゅー、ふしゅー。

安っぽくてらてらとした、そのビニールの繭は、わずかに揺らめいていた。なにかの生き物が入っていて、胎動しているみたい。

ふしゅー、ふしゅー。

きっと、これは息の音だ。でも、もしなにかの死体やなまものの固まりが入っていて、腐っていく音だったらどうしよう……。

忍び足で近寄ってみると、ビニール袋の繭が真ん中から割れた。赤色の中身が少しずつ見え、上半身の袋を剝いで男の人が顔を出した。髪が長くてぼさぼさで、赤いタンクトップを着ている。

その時にはじめて、ごみ袋を二重にして、足元から穿き、頭からもかぶり、丸まっていたんだなとわかった。足音が気になって、起こしてしまったのかもしれない。ぱっくりと割れた繭から出てきた男の人は、長い縮れた髪を、ゆるく一つに縛っている。一重まぶたで、細い目をしていた。

目の前にいる男の人と目が合った。年は、父さんよりはずっと若いけど、子どもがいてもおかしくないように見える。

父さんみたいに、怒るだろうか――。

「なんだ、ガキかよ。泥棒かなんかかと思っちまった」

と言い、男の人は髪をまとめていたゴムを外し、ぐしゃぐしゃとかきあげた。黒くて長い髪が、ダンみたいに見える。さわりたいなあ、と思ったけど、そんなことをしたら怒られそうなので、実際にはさわれなかった。

「おい坊主、とーちゃんとかーちゃんはどこにいんだよ」

「ええっと、あっち」

すぐそこにある駅舎を指さした。父さんはいない、ということは言う必要もないので、黙った。

でも、ほとんどの人が、父親が一緒にいることを前提に、わたしたちを見る。母さんの「女の子に見えたら危ない」という話がどういうことなのか、よくはわかっていなかった。けれどこうして旅に出てみると、女子どもだけで野宿するなんて、すごく珍しいことなのかもしれない。

「いいか、こういうとこで寝ているやつに近づいちゃだめなんだよ。強盗だとか獣だとかと間違えるやつらがいてもおかしくねえ。坊主だって、寝てるときに知らないやつに急に近寄られたら、いやだろ」

目をこすりながら、心底面倒そうに喋っていたけれど、ちゃんとわたしにわかるように説明してくれているのがわかった。見た目より、親切な人なのかもしれない。わたしは小さい声で、

「……ごめんなさい、気をつけます」

と返事をした。大きな声を出すと、駅前で寝ている人たちも、起こしてしまいそうだったから。

男の人は、ゴムを口にくわえて、もう一度髪をゆわき、ちょっと笑って言った。

「はは。俺、あやうく刺しちまうところだったよ。子どもなんて、普通いねえし」

と、手の中にある、長細い黒いものを、開いて見せてくれた。鈍い色をしたナイフの刃が、さっと出てきた。

折りたたみナイフ。これ、握りしめて寝ていたんだ。こんな強そうな人なのに。

改めて、お兄さんとおじさんの中間くらいの人をまじまじと見る。日に焼けていて、くっきりと皺の入った、固そうな肌。タンクトップから出ている腕には夜目でもはっきりわか

るくらい筋肉がついていて、力仕事を普段からしているように見える。

わたしが見てきた「おとな」は父さん、母さん、たまに会う親戚、先生たち、近所の人くらいのものだけれど、喧嘩をさせたら、この人が一番強いだろうなと思った。

そんな強そうな人が、ナイフを握りしめて寝ていることに、わたしは驚いた。


「みんな持ってるもの？」

「うん？」

「このへんの寝てる人たち、そういうナイフとか、みんな持ってるの？」

少し恥ずかしそうに顔を歪ませながら、男の人が返事をした。

「他のやつはしらねぇけど、俺は一応な。だって何があるか、わからねーだろ。たまに変なやつっているし。自分の身を守れるのは、自分しかいねえしさ」

わたしは、自分でも気づかないうちに不安げな表情をしていたみたいで、男の人がわたしの顔を見て、笑った。

「ま、坊主はさ、とーちゃんが守ってくれんだろ。でも男なら、自分の身くらいは自分で守れるようにならねえとな。はは」

そうだね。起こしちゃってごめんなさい。おやすみなさい。そう声をかけて頭を下げて、わたしは自分の寝袋へと戻った。薄っぺらい、緑色の寝袋を見下ろす。

さっきは寝袋に入るときに何も感じなかったけれど、こうして見てみると、寝袋に入ることが随分危険なことのようにも感じた。封筒型の寝袋の中に体をすっぽりうずめてしまうと、すぐには出られない。袋の上から蹴ったり、刺したりするのは、すごく容易だと思う。そう思うと、ゾッとした。

袋の中で、さっき言われたことを反芻した。

自分の身を守れるのは、自分しかいない。

その通りだった。ここには、ダンもいない。寝台列車の中だったら何かあれば駅員さんが助けに来てくれるかもしれないけれど、ここでは何があっても自己責任なのだ。交番なんかも、近くにはありそうにない。

わたししか、いないのだ。

こういうこと、出かける前には、あんまり考えていなかった。寒くないかなだとか、お腹がすかないかだとか、そういうことは考えたけど、知らない人に襲われることなんて、考えもしなかった。自分を守るためのものを、何も持ってこなかった。

あんなに毎日殴られてるくせに、なんで、そんなこともわからなかったのだろう。後悔した。血のつながった両親ですらわたしを殴るんなら、まったくの知らない人が、急になにかをしてくる可能性だって、あってもおかしくないのに。

ふしゅー、ふしゅー。

ゴミ袋から聞こえる、息の音を思い出した。そして、わたしが幼かったときのことを、思い出した。そうだ、わたしは同じようにゴミ袋を被って寝たことがあった。

カホがまだ生まれたばかりだったから、わたしが三歳の時。わたしは、何かをして母さんを怒らせてしまい、冬の寒い日にベランダへと放り出された。わたしは裸足で、パジャマを一枚着ただけで、とても寒かった。でも、声を張り上げて泣いても、母さんは中に入れてくれなかった。

隣のおばさんが起きて、ガラス窓を開けてわたしの様子を見て、

「可哀想に、可哀想に。ちょっと待ってなね。お父さんお母さんに入れてあげるよう、頼んであげるから」

と言って、また奥へと引っ込んだ。その頃住んでいた家は、狭い和室が二つと台所と玄関がまっすぐに繋がった、縦に長いアパートの二階だった。閉められたカーテンの隙間か

ら覗くと、本当に隣のおばさんがうちの玄関に来てくれていた。
わたしは期待を持って、窓の向こうのそれを見守った。じっとしていると寒くて、裸足で、ペタペタとコンクリートの上を足踏みしながら。母さんと隣のおばさんは何か口論しているようだった。窓にぺたりと耳をくっつけてみると
「他人がいちいちうるさいのよ！　これはうちの躾《しつけ》なんですっ」
と母さんが叫んでいるのが、冷たいガラスを通して響いてきた。

この窓を、ずっと開けてもらえないとしたら。

わたしは、小さな脳みそで考え始めた。さっき声をかけてくれたおばさんのベランダへと移れたらよかったのだけど、隣のベランダとの間は結構離れていて、とても移れそうな感じはしなかった。下に落ちたりしたら、こうして寒いのよりもずっと痛そうだ。

赤茶色のベランダを摑んでいると、手にサビの匂いがうつった。いやぁな、悲しい匂い。洋服でてのひらをごしごし拭いていると、ふっと、長方形の黒いゴミ袋が置かれているのが、目に入った。

中を開けると、古新聞がビニール紐で縛られていた。わたしはその紐を緩めて、新聞紙をひとたば引き抜いた。広げてみると、新聞紙は、わたしが包まれそうなほどに大きかった。

これだ。

ありったけの束を引き抜いて、広げてパジャマの上から巻きつけた。頭からも被った。冷たい空気が少し防げるようになった。そして、黒いゴミ袋の中へと入って、自分の膝を抱えて丸まった。

しゅー、しゅー。

息をするうちに、中は少しずつ耐えられる温度になった。砂埃の匂いと、手についたサビの匂いと、新聞紙のインクの匂いと、自分の息の匂いが混じり合って、狭いゴミ袋の中を満たしていた。そのままそこで朝まで眠った。自分の息の音を聞きながら。


あの時も、わたしはされるまんまになんてならなかった。自分で、自分を助けてきた。

わたしはもう一度起き上がった。今度は、トイレとは反対側の方へと行って、駐車場の端に何本か植わっている、木の根元にしゃがんだ。木のあたりには街灯もなくて、暗闇の中で目を凝らして、しっかりした枝を探し始めた。

邪魔にならない大きさで、でもすぐに折れなそうな枝。

わたしが武器を持ったところで、たいして役には立たないのかもしれない。父さんや母さんに殴られているときに、いつも何もできないように。

大人が本気で何かをしてきたら、過ぎ去るのを待つしかないって、思ってた。それが、一番疲れなくて、余計に誰かを怒らせたりもしなくて、一番いい方法なんだ、って。そう言い聞かせていた。怖かったから。自分は弱いから、そうするしかないんだ、って。

だけど、きっと違うんだ。さっきの強そうな男の人も、きっと怖いんだ。

だからと言って、誰かに殴られるままになんてなりたくなくて、自分でできる範囲のことをしたくて、だからこそ武器を握っているんだ。


よぅく吟味して、三本ほど枝を見つけ、それを持って寝袋のところに戻った。素手よりはマシだと思ったのだ。何かあった時、目や耳などの急所を狙えば、一瞬隙をつくことはできるだろう。寝袋に入り、長辺の半分くらいまでジップを引き上げて、すぐに這い出れるようにしておいた。寒くない限りはこういう風に寝よう、と思った。

そして、三本の枝をしっかりと両手で握った。そうしたらなんだか安心して、どろりとする眠気に引きずられた。


目を開けると駅の庇が見えた。うん、雨でも濡れない。端っこには、すでに雛が巣立ったんだろう、ツバメの巣が残っていた。ふしゅー、ふしゅー。静かな中で、自分の息の音が、大きく耳に響いた。

隣をちらとみると、カホがすやすやと寝ていた。明日起きたら、カホにも枝を分けてあげよう。そう思いながら、わたしは眠りの中に落ちていった。

# 5——お坊さんと、ばけもののいもうと

愛媛　一九九八年八月のはじめ

「カホさぁ、あのお坊さんに近づくのは、やめた方がいいって」

ここのところ、お姉ちゃんはそればかり言う。お姉ちゃんが言うような、あの人は怪しいだとかおかしいってのが、あたしには全然わからない。

あのお坊さんというのは円明寺《えんみょうじ》で出会ったお坊さんのことだ。


九州をひとまわりした後、佐賀関《さがのせき》という港から、大きなフェリーに乗った。ずっと鉄道に乗ってきたから、船に乗るのは、今回の旅ではじめてだ。

あまりの大きさに、あんぐりと口を開けてタラップで上を見上げると、「三階まであるからね、上は見晴らしイイヨォ」と、船の乗車チケットを確認するおじさんが、教えてくれた。日に焼けた四角い顔に、親しみを感じた。

お姉ちゃんと競い合うように階段を登っていくと、本当に三階まであって、外に出れるようになっていた。


「外に出てみようよ」

と、サナ姉が重そうなドアを体で押すようにして、ぐっと開けた。その瞬間、ブワァッと風が吹いた。風の隙間をぬうようにして外に出たけれど、風圧がすごくて、よろめいた。つんのめると思ったところを、サナ姉にぐいと左手を引っ張られた。

「腰を落として体をかがめると、風の抵抗が少ないよ」

と言われ、体を少しかがめたまま、半円になっている展望ブースの真ん中まで移動した。

「手すりにちゃんとつかまんなね。落ちたら死ぬから」

とサナ姉に言われて、白い手すりをぎゅっとつかんで顔をあげた。青い海がばあぁっと光っていて、思わずあたしは息をのんだ。

「見えるぅ？　おんぶしてあげようか」

そう言われて隣を見ると、サナ姉が意地悪な笑みをニタァっと浮かべて、風にまけないように声を張り上げていた。

サナ姉は、昔からいっつもあたしを子ども扱いする。たしかに最近は背もどんどん伸びていて、あたしより三〇センチくらい大きいかもしれない。

「見えるよ、自分で見れるもん」

と、あたしも精一杯声を張り上げた。


海が風と一緒に揺れて、きらきらといろんな青い色を見せていた。

船にエンジンがかかったのか、ゴゴゴと揺れて、あたしはもう一度手すりを強く握った。船は、ゆっくり動き始めた。九州では山を見ることが多かったけど、あたしは海が好き。たくさんの虫もいないし、なにより視界がぱあっと開けていて、こころが綺麗になるような気がする。

きらきらとする水面を見ていると、ふいに喉元に熱いものがせり上がってきて、あたしは思わず口を開いた。緑色の甲板に、白い嘔吐物が飛び散った。

サナ姉に手を引っ張られて、船内の客席に坐っていた母さんのところまで連れて行かれた。母さんとサナ姉が、背中をさすりながら、引きずるようにトイレに連れて行ってくれた。

「全部吐いた方が楽になるわよ。喉の奥の、舌の根元をぐっと押すの」

と母さんに言われ、そのとおりにした。トイレの便器を覗き込んで、頭を胃よりも下の位置にして、人差し指と中指でぐっと押す。胃液と一緒に、消化中の食べ物が出てきた。たぶん、お昼にほおばったおにぎりだ。

何も吐くものがなくなると、少し楽になった。落ち着いてからトイレを出ると、サナ姉も吐いたようで、女子トイレの洗面所でガラガラとうがいをしていた。あたしも真似をして、口の中をすっきりさせた。

母さんに「かあさんは、なんで酔わないの？」と聞いたら、「こんな大きい船で酔わないわよ。漁船じゃあるまいし」と笑って答えた。あたしは会ったことないけれど、母さんの父さん、つまりあたしのおじいちゃんは漁師さんだったらしい。だからか、母さんはどこに引っ越しても、いつも海の近くに住みたがる。


椅子にだらりともたれかかりながら、サナ姉が口を開いた。

「ああ……、つらかったぁ。それにしても、何日か移動して、まだ八つの地方のうち一つだねえ。結構かかりそうだなぁ」

「え？　なにがひとつなの？」

「えっとさ、日本って、八つの地方に分かれてんだよ。県よりも、もっと大きな単位で。さっきまで居たのが九州ってとこ。いま向かっている、あの薄ぼんやり見えている山が、四国っていうの」

そう言って、重だるそうに少しだけ腕を上げ、海の向こうに見えている陸地のようなものを指差した。

「あとまだ他に、中国、近畿、中部、関東、東北、北海道ってある。母さんは今、日本を南から北へ移動してるの。……そもそも日本地図わかる？」

「わっかんない」

「まだ習ってないのかなあ。わたしは学校行ってないし何年生で習うのか知らないけどさ。大雑把にいうと、日本は、細長い斜めの形をしてんの」

つま先で、サナ姉がなんども床に楕円をなぞる。その左下らへんを叩きながら、「今いんのは、まだこの辺」と、左下らへんをタンタンと指した。紺と白のスニーカーは、ぼろぼろで穴があきかかっていた。

「えー、いっぱい電車に乗ったつもりなのに、まだ全然じゃん。……そんないっぱい行くところあって、帰れるのかなあ。カホ、新学期に学校行けるのかな」

ちょっと難しそうな、気まずそうな表情を見せてから、サナ姉が返事をした。

「……帰れるでしょ。何言ってんの」

そう言って、半ズボンのポケットから、端っこが少し折れた、薄い水色の切符を取り出した。「あんたが持っていると無くすから」と、あたしは母さんに取り上げられたけれど、サナ姉は自分で持っていてもいいらしい。

「わたしたちが移動しているのに使っている、安く移動できるこの切符、九月一〇日までって書いてあるでしょ。ほら」

そう言って、わたしの目の前にぐいと切符を突き出した。小さな文字で、確かにそう書いてある。

「母さんなんにも言わないけどさ、日本一周が長引いても、この辺の時期までじゃないかなと思うんだよね。でないとお金もかかるし」

と、サナ姉は、言葉を続けた。


お姉ちゃんは、こういうところ本当に頭がいいなあ。あたしは、感心してその話を聞いた。切符に書いてある数字とか、よく見たこともなかった。お姉ちゃんはいつもこういう風にいろんなことを観察していて、ぱぱっと答えを出してしまう。おとなよりも、ずっといろんなことがわかってるんじゃないかと思う。

それにひきかえ、あたしは。

新学期の日にちを気にしているようなことを言ってしまったけれど、学校に行くのが楽しみだとか、そういうわけではない。ただ、学校を休んでしまったら、またクラスのみんなにからかわれそうだなぁ、と思ったのだ。

学校に行くと、あたしはよくからかわれる。頭が悪いとかトロくさいとか、そういうこともあるかもしれないけれど、いちばんの理由は家のことだ。家が、びんぼうだったり、お父さんが働いていなかったり、家族が変な人たちだったり、そういうこと。

そして、何よりも、このお姉ちゃん。

「体育館の裏で喧嘩してるってよ。派手なの。カホのねーちゃんと、五年の城崎さん」

教室のドアがガラッと開いて、クラスの中心グループの男子が、大きな声で言った。

「マジでぇ。見に行こうぜっ」

と、何人かの男子が立ち上がり、バタバタッと足音が廊下に響いた。

「今日は、進度の確認がどうとかで、テストを受けなきゃいけないらしくてさぁ」

と、朝に珍しく一緒に学校まで来たのだが、午後にはもうこれだ。なんでいつもこうなるんだろう、サナ姉は。テストを受けてさっさと帰れば良かったのに。

あたしは、怖いものが嫌いだ。ホラー映画とかアクション映画も、まともに見ることができない。喧嘩を見にいくような気持ちは、ちっともわからない。

けれど、その日の午後は体育で跳び箱の練習だったから、体育館に移動しなければならなかった。ブルマに穿き替えて、体育館へ向かう渡り廊下で、たまたま目にしてしまったのだ。サナ姉を。

体育館と学校の本館の間には、古い倉庫なんかが並べてほったらかされているような少しさびれたスペースがあって、サナ姉は、そこで取っ組み合っていた。相手の城崎さんという男の人は、うちの学校のボスグループに入っていて、わたしも遠くからは見たことがある。うちのクラスの男子なんかは、「城崎さんみたいになりてぇよなぁ」とよく言っている。城崎さんは、サナ姉より一回り大きかった。あたしだったら、泣いて逃げてしまう。誰かに、泣きつくと思う。けれど、サナ姉は、泣きもせずに、一回り大きな体の人ともみ合っていた。

怖いのが嫌いなはずなのに、あたしはそこから目が離せなかった。あんなに本気で、あんなに全身で、他人と掴みあっている人を、見たことがなかった。本当に容赦なくなんの迷いも見せずに、肘で相手の顔を潰し、手に噛みつき、手と足と口とをぜぇんぶつかって、相手にくらいついていた。

サナ姉が、優勢だった。

やめてよ、このままじゃ殺しちゃう。お姉ちゃん、負けないで。そんな二つの気持ちがごちゃ混ぜになりながら、その場を動くことができなかった。

そこに、誰かが呼んだのか、男の先生二人と女の先生の三人が駆けてきた。男の先生二人がサナ姉を抑えて、女の先生が、城崎さんの背中をぐいと引っ張り、ふたりを剥がそうとした。なんだか妙にはがすのに苦労しているなと思ったら、お姉ちゃんは嚙みついた口を離さず、強くくわえたままだった。城崎さんは、目を真っ赤にして泣いていて、周りで見ていた男子たちは、その様子に気まずくなったのか声をかけられないようだった。

さっきまで、相手に馬乗りになって摑みかかる、サナ姉の背中しか見えていなかったけれど、取り押さえられて立ち上がったサナ姉の顔を見て、「あっ」と大きな声が出てしまった。慌てて自分の口元を手で押さえたけれど、目は吸い寄せられたままだった。

サナ姉の口のまわりには、赤い血がついていた。

一瞬、唇の大きな化け物みたいにも見えたし、動物にも似ていた。何かの授業で見せられた、ライオンとか肉食獣が、獲物を捕らえたあとに、ああいう真っ赤な口元をしていた。二人の先生に両手を摑まれている姿は、なんだかサナ姉が大人の男の人を従えて、仁王立ちしているみたいに見えた。

五時間目の授業は、その話で持ちきりだった。

「見たかよあの顔、ばけものだ」

「相手の肉を嚙み切って、食べたらしいぜぇ」

なんて尾ひれまでついて、あることないこと噂されていた。

「カホのねーちゃんなんだってよ」

「じゃあ、あれじゃん。カホはばけものの妹じゃん」

そんなことまで言われていて、あたしは机から顔があげられなかった。


家に帰ると、サナ姉はケロッとした顔で、ダンの毛をブラッシングしていた。口のまわりの血は、さすがにもう拭き取られていた。

「今日、何やってたの」

「なんかすごい騒ぎだったよ、あたしのクラスでも」

自分で思ったよりも、不機嫌な響きになって、自分で少し驚いた。お姉ちゃんのせいで、あたしの平和な学校生活が傷ついてるんだよ。そういう気持ちが、にじみ出ていた。

サナ姉はこともなげに言った。

「嚙み付いた」

「えぇ?」

「人間の持ってる武器ってさぁ、少ないなと思うの。硬いの、歯と爪くらいでしょ。だから嚙んだ。あとは肘と膝もよく使うかな」

「だからって……、あんなにやったら可哀想じゃない」

きょとん、とした表情で、首を傾げながらサナ姉が言った。

「なんでよ、犬だって噛むでしょ。敵から身を守るために。なんかいけないかな」

なんにも言えなくなったあたしをしばらく見てから、サナ姉はふいに遠くを見て、ちょっと悲しそうな、でもどこか嘲《あざけ》るような表情を浮かべた。

「……わたしさぁ、負けたくないの。家で大人に力で負けて殴られるのはどうにもできないけれど、同じような子どもには負けたくない。どうしようもないこともあるけど、それでも、ぜんぶのことに負けてしまいたくないの。……それに、先に殴ってきたの、あっち。あっちが手を出してきたの。なんでわたしが怒られるのよ？」

なにかを吐き出すように、ひとしきり喋って、一瞬押し黙った。そうして、顔をくるっと回してあたしを見て、腕をまくった。

「それにさ、喧嘩するといいこともあるんだよ。だって、先生に『この痣《あざ》はなんだ』って聞かれた時に、喧嘩ですけどぉって言えるし。ははっ」

そこにある痣は、先日、母さんからひどく叩かれた時のものだった。

頑張って明るく笑っているんだろうって顔を見ていたら、この感情をなんと言うのかも、なんて言葉をかけたらいいのかも、あたしには分からなくて、涙が出た。たまらない、ってこういうことかもしれない。ただ、行き場のない感情がぶわぁっと溢れた。


おねえちゃん。

おねえちゃん。おねえちゃん。おねえちゃん。


学校でのことをぼうっと考えているうちに、港に船が着いた。港にそびえている真っ赤な灯台は、青い空によく映えていて、なんだか陽気な感じがした。

「お遍路《へんろ》さんが回るお寺をいくつか回ってみたい」と母さんが言い、瀬戸内海に沿って走る予讃《よさん》線を乗り継いで、円明寺というお寺へと向かった。お寺にはあたしたち以外にも結構な人がいて、その何人かは菅笠《すげがさ》をかぶり、上下ともに真っ白い服を着て、白い足袋《たび》を履いていた。

「なぁにあれ?」

とサナ姉にこそっと聞くと、

「ああいうのが、正式なお遍路さん。修行みたいなものらしい」

サナ姉が言うには、お遍路とは八十八か所のお寺を回って、お経を読んで、そこのお寺にお経をあげたよという印をもらうものらしい。

「あそこで印を書いてもらえるんだって。納経所」

とサナ姉が指差した横の建物を見ると、本堂をお参りしている人よりも、印を押してもらうための列に並んでいる人が多いくらいだ。

「あれかな。スタンプラリーとかポケモンみたいなもの？」

最近、クラスの友人の間でも、ポケモンが流行っている。一五一匹のモンスターを集めていくらしくって、あたしはどの色も持っていないけれど、クラスの中では二人だけ青を持っていて、みんなに自慢していた。

「そんなこと言ったら怒られるよ。徳を積むとか、病気が治るようにとか、一生懸命やっている人もいるんでしょ。ま、あそこにぞろぞろいる、ツアーのおばさんたちにとっては、ポケモンみたいなものなのかもね」

と、新しく訪れた五、六〇代の人たちの集団をサナ姉がちらっと見て、いじわるそうな笑みを浮かべた。ようく見ていると、お参りをするよりも先に納経所へと詰めかけていて、順番で揉めている人もいた。なあんだ。おとななのに、クラスの子たちと変わんないじゃん。あたしもクスクス笑った。

お遍路は歩くのすごく大変だよ、と電車内で何度もサナ姉に言われたけれど、円明寺までは駅から三分ほどだった。

「ねぇ、意外とラクだね。脅かさないでよ」

「最初のお寺は、駅から歩きやすいところにしたんだよ。ここ、本当は五三番目に行くところなんだけど。次のお寺までは、三四キロメートルだって」

どこからか貰ってきた地図を広げて説明しながら、サナ姉が言った。三四キロ。あたしは一キロ歩くのにも、二〇分はかかる。計算が苦手なので正確にはわからないけれど、とにかく、たくさんの時間が必要だ。

「たぶん、休憩なしで歩いても一二時間かなぁ……」

と、サナ姉が言った。もうとっくに夕方なのに、今から歩くなんて、夜中になってしまう。とても歩けそうになかった。

サナ姉が母さんに「あんまり距離があるから電車で最寄り駅まで行こうよ。疲れてカホに熱とか出たら大変だし」と言ってくれた。

荷物を持ってずうっと歩き続けるのは大変だと母さんも考えたのか、駅まで引き返して、電車に乗る。海沿いを走る列車に揺られながら、四国ってほんとにまわりが海なんだなぁと思った。

それでも次のお寺は駅から五〜六キロは歩かねばならず、延命寺というところに着いた時には、あたりは真っ暗になっていた。夜のお寺は、昼間と全然雰囲気が違う。納経所も閉まっているせいか、境内には誰一人いない。

昼間に感じた厳かな雰囲気は、夜には相手を威圧するくらいに増していて、ここにいることを怒られているようで、なんだか怖かった。

同じことを、母さんもサナ姉も思ったようで、「今日はどっかこの辺で寝て、また朝に来ようよ」という話になった。近くをうろうろ歩いてみたけれど、あるのは民家と田んぼと黒光りする池だけで、道を歩いている人もいなくって、蛙の声ばかりがした。

しょうがないので、その日は、お寺の門の前に、寝袋を敷いた。

朝起きて寝袋を丸め、大通りまで出て角のコンビニで、おにぎりとバナナ、飲むヨーグルト、菓子パンなんかを大量に買い込んだ。この先、どこで食べ物屋さんがあるかわからないので、多めに買っておこうと母さんが言ったからだ。

食べ物をリュックにぎゅうぎゅう詰めて、お寺にもう一度引き返すと、何人かのお遍路さんがいる。この時間に来るような人は、みんな歩いている人みたいで、足袋がだいぶ傷んでいた。

その中に一人、黒い僧衣をまとったお坊さんがいた。

お坊さんを見るのが珍しくって、なんだかまじまじと見てしまう。昔、おじいちゃんのお葬式で見たような気もするけれど、もう忘れてしまった。黒い僧衣をまとっているからか、なんだかすごい人のように思える。いつかあたしも一回着てみたい。

そうして見ていると、読経が終わったお坊さんがくるりとこちらを向き、目が合った。色が抜けるように白くて、垂れ目で、優しそうな顔。お父さんと同じくらいの歳だろうか。「……こんにちは」と挨拶したら、「はい、こんにちは」と、少しかがんで、微笑んで言った。いい人だ、と思った。


この日は結局、一日中歩き続けて、他に五つもお寺を回った。距離は二〇キロほどだそうだけど、急な山道もあったり階段もあったりして、すごくしんどい。無料の遍路宿に着く頃には、一度リュックサックを下ろすともう立ち上がれなくなっていた。遍路宿は、ほんとうは八十八か所回るお遍路さん向けのものだそうだけれど、親子三人で回っているあたしたちが可哀想だったのか、いいよいいよと、住職さんが泊めてくれた。

遍路宿として使われている建物には、六畳間に二段ベッドや炬燵《こたつ》がある。最近は野宿ばかりだったから、家のような空間を久しぶりに見た気がした。ベッドで寝れるのが嬉しくて騒いでいると、住職さんに連れられて、朝見たお坊さんがやって来た。

実は最初に出会ったお寺の後も、何度か別のお寺で出くわしていた。

あたしたちはお経を読んだりはしないし、割とさっさと次のお寺へと移動するけど、歩く足取りがどうしても遅い。「疲れた」だとか「お腹が空いた」だとか、母さんや姉さんの足を引っ張っているのはあたしだけれど。そうやってのんびり歩いていると、読経をして早足で歩いているお坊さんと、ちょうど同じくらいのペースで次のお寺に着くのだ。

子ども連れで歩いている人たちが珍しいのか、向こうもこちらを認識しているようで、母さんと世間話を始めた。あたしはその様子を、二段ベッドの下の段に寝転んで、のぞいていた。しばらく話した後、お坊さんが、こう言った。

「女だけで旅をしているなんて、危ないこともあるでしょう。よかったら、私と道中ご一緒しませんか?」

と。垂れ目の顔が、さらにニコニコと笑っていた。

お坊さんの表情とは裏腹に、母さんの表情が、さっと固まった。さっきまで部屋にあった本をパラパラ見ていたサナ姉も、怪訝な顔でその手を止めた。その顔の意味するところは、あたしにはよくわからなかった。思うままに、「わぁい、一緒に回りたぁい」と口にした。

かあさんは無表情であたしを見て、そのあとお坊さんへと視線を戻して、作ったような笑顔で言った。

「いえいえ、女子どもの足は遅いんで、ご迷惑ですから。自分たちのペースで回りますので」

「でも、ああやってお子さんも一緒に回りたいと言ってますし。私がいた方が、安心でしょう」

母さんは、なんだか困ったような不思議な表情を浮かべながら、いいとも悪いとも言わずに、押し黙った。あたしはその様子を横目で見ながら、ワクワクしながら眠りについた。偉そうなお坊さんと一緒に回れるなんて、なんだか特別だし、あたしも偉い人になった気分だもの。


朝、お坊さんが洗面所で顔を洗っている間に、ぐいと強く襟元を引っ張られた。後ろを振り向くと、サナ姉がいた。低い、抑揚のない声で、言った。

「なんであんた、昨日、一緒に回りたいなんて言うのよ。わたし、なんかあの人おかしいと思うよ。女だけ、って言ったし」

「なんでもかんでも、怪しいとかなにかされるんじゃないかとか。お姉ちゃん、疑り深すぎるよ。お坊さんて、心の綺麗な人がなるもんでしょ」

「あんたの論理だと、先生も医者も警察も、みんないい人ってことになっちゃうわよ。……昨日そもそもこの宿に来たのだって、つけて来た可能性だってあるじゃない」

「またまたぁ。お姉ちゃんは、考えすぎー」


実際、お坊さんは優しかった。

その日は次のお寺まで三〇キロほどだと言われたのだけど、あたしは三分の一ほど歩いたところで、疲れて歩きたくなくなってしまった。こういう時、母さんもサナ姉も「すぐ弱音を吐くんじゃないよ、甘ったれが」というような顔をするのだけど、お坊さんは、

「小さいのに、頑張ってるねぇ。偉いねぇ」

と、あたしの手を引いて、道中を歩いてくれた。


このお坊さんのことは、好きだ。

だって、お姉ちゃんよりもあたしのことを可愛がってくれるから。家でも学校でも、いつも思うのだ。みんなあたしより、お姉ちゃんのことが好きなんじゃないかって。

学校の先生だって、みんなサナ姉の振る舞いに困っているのは事実だけど、「カホちゃ

んも、お姉さんの半分でも頭が良かったらねぇ」って何度か言われたことがある。親戚もそうだ。お姉さんみたいになれたらね。お姉さんみたいになれたらね。そんなこと、わかってる。一番そう思っているのは、他でもないあたしなのだ。

母さんだって、お姉ちゃんのことをよく怒るし叩くけれど、本当はお姉ちゃんのことを嫌いじゃないと思う。二人は、似ている。お姉ちゃんは、見た目は父さん似ではっきりとした顔立ちだけど、性格なんか、母さんにそっくりだ。「無理だ」とか「疲れた」だとか「困った」だとか一切言わないようなところも、わがままそうに見えて、実は他人のことをよく見ているところも、生き物にやさしいのも。

お坊さんは、そうしてわたしが懐《なつ》いているのを、とても嬉しそうにしていた。

手を繋ぎながら歩いたけれど、もう一〇キロほど歩いたところで結局動けなくなり、その日は早めに休むことになった。母さんは「悪いですし、先に行っていただいて結構ですよ」と言ったけれど、「いえいえ、一緒に歩くのも何かのご縁ですから」と、一緒に野宿することになった。

ちょうど山へ向かう途中に、りんりんパークーというう妙にカラフルなドライブインがあり、レストランもトイレも日帰り温泉もあって、野宿にはぴったりだった。野宿で旅を始めてから、お風呂に入れない日も多かったので、久しぶりのお風呂が嬉しい。

母さんもサナ姉も入ってないし、クラスメイトがいるわけでもないから、自分が臭いのも別に気にならないけど、さっぱりできるのは気持ちいい。


お風呂の中で、サナ姉が湯船に浸かりながら言った。

「やっぱりあの人、目つきがなんかおかしいと思う……。カホさぁ、他人とは距離感考えなよ。近づきすぎると、危ないよ」

「他人他人って、そんな悪い人ばっかりでもないでしょ。優しいじゃん、お坊さん」

サナ姉の白い右手が伸びてきて、私の肩をガッと摑んだ。すぐ目の前に、サナ姉の丸い目がある。

「いい人ばっかりでもないでしょ。いーい？　血が繋がっている親子だって他人だし、わたしたちのこと殴ったりするじゃない。血が繋がっていなかったら、もっと他人よ。そういう人が、自分に危ないことしないって、どうして言えるの？」

茶色のまぁるい瞳が自分を飲み込みそうで、あたしは慌てて姉さんの手を払った。

「……それ、やきもち？　お坊さんがあたしのことばっかり可愛がってるから、悔しくなったんでしょ」

あたしはそのまま、湯船から上がり、早足で脱衣所の方へ行った。

「カホ、そういうことじゃあないでしょう、カホ」

という大きな声が後ろから聞こえたので一回だけ振り向いて、「サナの言うことなんて聞かないからっ」と脱衣所のガラス戸をがしゃんと閉めた。


洋服を急いで着て、お坊さんのところへ行こうとした。なぜだか、意地悪な気持ちがむくむくと湧き上がっていた。きっと、サナ姉は、いま困って途方にくれた顔をしているのだ。見なくてもわかる。このお坊さんと仲良くしていると、母さんもサナ姉も困る。

困ってよ。あたしのことで、もっともっと、もうっと困ってよ。

あたしのことが大事なんだったら、困るといい。

いっつも放っといいてるあたしのこと、気にするといい。

当てつけのように、自分の寝袋を、お坊さんの近くに置いて、あたしは寝た。


夜、誰かが体を揺さぶっているのを感じて、パッと目をさますとお坊さんの顔があった。サナ姉と母さんは隣に寝ているままで、お坊さんは唇に人差し指を当てながら、おいでというように手招きをした。相変わらず垂れ目の笑顔をしていて、なんだかわからなかったけれど、あたしは起き上がってついていった。白い掌がなめらかに舞い、手首に巻いている数珠がちゃりちゃりという微かな音をたてる。

ドライブインの入り口まで行くと、お坊さんはあたしをぐいっと抱き上げて、入り口のゆるやかな階段部分に腰かけた。あたしはお坊さんの膝の上に乗せられ、あたしの背中とお坊さんの胸がくっついた。

お坊さん、どうしたんだろう。

そう思っていると、急に着ていたTシャツの上から、ゆっくり撫でまわされ始めた。何をされているの。この人は何がしたいの。お坊さんの顔が後ろにあって、表情も見えない。状況をつかめないでいるうちに、さっきはシャツの上から撫でていた手が、シャツの下に潜り込んできた。

すごくなめらかで、別のいきものみたいな手だった。人じゃないものに、触られている。後ろから、はぁはぁという息遣いが聞こえて、なま暖かい空気が首筋に当たった。何なのか、よくわからなかった。ただただ不思議で、でもこの膝から飛び降りたら、嫌われてしまうような気もした。

おとなにこれ以上嫌われるのが嫌。せっかく自分を可愛がってくれた人に嫌われるのが嫌。大人を怒らせてぶたれるのが嫌。そう思うと、そこから動けなくて、あたしは人形のように固まっていた。

視界にぼんやりと入っていた駐車場が、急に揺れた。

「あんた、何してんの」

いつのまに起きたのか、サナ姉がお坊さんの斜め後ろに立ち、お坊さんの肩の上に手を載せていた。今の揺れは、サナ姉が揺すぶったもののようだった。お坊さんは、私の服の中に入れていた手を、ぱっと出した。

「何してんのって聞いてんだよ、てめえ」

サナ姉が完全に怒っている時の目だった。こういう目を、何度か見たことがある。口の周りに赤く血をつけていた日もそうだったし、あの雪の日も。


その日は雪が降っていて、帰りがけに男子が雪の玉を投げてきた。体育で走るのが遅かったとか、たわいもない理由だったと思う。投げるものがあるから、弱いものに投げる。それ以上の理由なんてない。あたしは雪の玉から逃げながら、男子と目を合わせずに、早く帰ろうと足を速めていた。

いっ……たぁ。

急にズキッとした感触が、額に走った。手のひらでそうっとおでこを触ると、またズキッとした痛みが走って、手のひらに赤い血がついた。雪の真ん中に、石を詰めて投げてきたのだ。赤い花が雪の上に咲いたように、地面にもぽたぽたと血が垂れていた。

「ばけものの妹なのに、こいつ血が赤いぞぉ」

「俺がもう一発当てる」

と、悪びれる様子もなく、男子たちが口にした。

逃げ、られない。逃げたいのに、こわい。

痛みは、じんじんとしたものに変わっていた。下を向いて泣いていると、誰かの「ぎゃっ」という音が聞こえた。顔をあげると、あたしの横をひゅっと、何かの塊が横切り、男子たちの足元に落ちた。石、だった。その中にいる一人は、あたしと同じように、額から血をぽたぽたと出していた。

「次、これ当てる。死ぬよ、あんたら」

サナ姉の声だった。振り向くと、サナ姉が頭の大きさくらいある大きな石を、頭の上に両手で振りかぶって、ズンズンと男子たちの方へ歩いていた。目がカッと見開いている。お寺の横にある仁王像みたい、だ。さぁっと、男子たちは散っていった。

家に帰ってから、サナ姉に言われた。

「カホ、あんたさぁ、やり返しなよ」

あたしは、しゃくりあげることしかできなくて、話を聞いた。

「わたしさぁ、強くなるって、いいと思うの。たとえばさ、わたしがやり返して、相手がほんとうに痛い思いをしたら、怖がってもう襲ってこないでしょ。でもさ、泣いたり、中途半端にやり返して逃げたりしたら、また襲われるんだから」

「……サナ姉は強いから。カホは男の子なんて、勝てないよ」

「勝てるよ。父さんとかおとなの男相手だと、さすがに無理だけど。同い年くらいなら、背丈も変わんないし。本当に殺す気でかかれば、逃げない子なんていない。だってみんな、死にたくないから」


あの時と同じ目をして、サナ姉が仁王立ちになっていた。サナ姉の方がずっと小さいはずなのに、お坊さんはその形相におののいたのか、目を伏せた。サナ姉が私の体をぐいと引っ張って、お坊さんから引きはがした。あたしは、そこまで怒る理由も、何が起きたのかもよくわからず、ぼうっとしていた。

翌朝起きると、お坊さんはいなかった。

挨拶もせずに、消えてしまった。サナ姉は、「取られたものがないか、一応確認したほうがいいね」とリュックを裏返すようにして確かめていた。母さんとサナ姉は何かをこそこそと話して、もうお遍路はここまでで止めて、駅へと向かうことに決めたようだった。

駅へ向かう道行の中で、サナ姉の袖をそっとつかんで聞いた。

「ねえ、あの人、カホになんか悪いことしたの。サナ姉、なんであんなにすごく怒ったの」

サナ姉は少し驚いたような目であたしのことを見て、それから安堵したような表情になった。

「別に。わからないなら、いいよ」

「なんでよ、ケチ。教えて」

「……じゃあ、そうね。わたしがあの人、すごぅく嫌いだったから。それだけ」

# 6——揺れるかずら橋と、はんぶん姉さん

徳島～大阪　一九九八年八月の中旬

電車の中だというのに、洋服の襟元がはためかないように押さえていた。風がびゅうびゅうと強い。

香川から高知へと抜けていく土讃《どさん》線は、坪尻《つぼじり》駅からトロッコに乗ることができる。おおぼけトロッコという、とぼけたような名前のトロッコ列車にはガラス窓がなくて風がふきすさんでおり、帽子をかぶっているお客さんなんかは、帽子を落としそうになっていた。

ボックス型の座席はテーブルも椅子も木でできていて、サナもカホもはじめて見る車内に喜んでいたけれど、大人でも楽しい気分になる。思っていたより座席が空いており、サナとカホは隣のボックスにいて、私は通路を挟んだボックスで、ひとり窓の外を見たりしている。


カホは、先日のことなど忘れたかのようにお菓子を食べてきゃあきゃあと笑っていた。サナから、お坊さんがしていたことについて話を聞いた時、あのクソ坊主が、と思った。あんなに腹がたつと思っていなかった。心配というのともまた少し違った、怒り。私が娘を叩くのはまだ許せるけれど、知らない他人が、自分の娘をなにか害するのは、許せない。私までもが汚されたような気持ちになる。

自分でも自分勝手だなと思う、この感情をどう説明したらいいのか。

たとえば、私が、私自身を痛めつけることとか、死にたいと思うことは、まだ許されることのような気がする。もちろん自殺だとか自傷だとかは良くないことだとは思うけれど、そういうのだって「個人の自由かもしれない」という気持ちもどこかにある。

でも、自殺を考える人でも、誰かが自分を痛めつけることとか、人から殺したいと思われることは、嫌だと思う。そうした感情と、似ているかもしれない。家族が叩くのと家族じゃない人が叩くのは、違うでしょうって。

そんな風に考えてしまう自分が気持ち悪い、とも思う。自分がサナやカホを叩いているのを正当化したいわけでもなかったけれど、心のどこかでは、娘は自分のものという気持ちを持っていたのかもしれなかった。

娘は、私のもの。私の好きにしていいもの。

だけど、他の人が私のものを傷つけるのは許せない。

そういう自分のことを、哀しいと思った。

トロッコ列車は、速度を落として吉野川を渡り始め、眼下ではゆったりと水面が揺れていた。窓がない列車も悪くないかな、と思う。川の風が抜けていくのが、気持ちいい。きらきらと光る水面を見てから、また私は、頭の中の考え事へと、戻っていった。自分のこと、他人のこと、自分の家族のこと。

サナは「家族も他人だよ。自分以外の人間は、ぜんぶ他人なんだから」と、よく口にする。私がしょっちゅうそう言っていたから、それが移った。私は、なぜそんなことを何度も口にしていたのだろう。

娘は、私のもの。私が好きにしていいもの。

心の奥底にあったそういう気持ちを、無意識に戒めていたのだろうか。自分に、何度も言い聞かせていたのだろうか。この子たちは他人なんだよ、思い通りにしてはいけないんだよ、って。

横のボックスのサナのことをちらりと見ると、列車の木枠にひじを置いて顎を支えながら、無表情で外の景色を見ていた。あまり子どもらしく笑わないというか、サナは無表情でいることが多い。

それでも、サナは言葉とは裏腹に、ものすごく家族のことを気にかけていると思う。今回のお坊さんのことだって、最初に気づいたのはサナだ。サナが、カホを探してお坊さんから引きはがしている間に、私はただ寝ているだけだった。日が昇って朝になってから、お坊さんが何も残さずいなくなっていることに気づいた。

「サナ、なんで気づいたの」

「足音がした」

「そんな大きい音、したっけ。母さん、何も気づかなかったんだけど」

にぶいんだねえ。口にはしなかったけれど、サナの目がそう言っているような気がした。

「だってわたし、一〇〇パーセント眠ってないし。寝るのはサナの半分だけ」

「え？」

だるそうに首を回しながら、サナが答える。

「だって一〇〇パーセント眠ったら、危ないことが起きても気づけないじゃん。野宿を始めてからずうっとそうだよ。体が疲れてるから半分だけ寝るけど、サナの半分は起きたままにしておくの。耳だけはいつも聞こえるようにしてる。危なそうなところだと、目を片方開けたままにしたりね」

私自身、警戒心が強いというか疑り深い方だけれど、サナのその警戒心の強さは、自分の娘ながら少し異常なんじゃないかとすら思う。でも、サナがそういうふうになった責任の一端は、自分にあるような気もする。

家でサナを叩かなかったら、野宿の旅になんて出なかったら、自分がちゃんと守れていたら、こうならなかったのかもしれない。

そう思うと、「あんた、気の使いすぎよ」とも言えなくて、私は黙るしかなかった。まじまじと見た娘の顔は、日に焼けたせいか一回りきゅっとして、目つきが鋭くなっている。いつからこんな顔になったのだろう。


「……カホは、何があったのか、あんまり気づいてない。だから、これからも気づかないままでいいと思う。なんにも言わなかったら、そのうち忘れる。きっと大人になったとき、この日のことなんて、覚えてるわけない。だから、大丈夫」

サナは、少しゆっくりと、でもはっきりとそう口にした。自分で、自分の言ったことをかみしめているかのようでもあった。そして、無表情でくるりと振り向き、自分のリュックの荷物を整理し始めた。

その後ろ姿を見ながら、小さい泡のつぶつぶが湧き上がるように、一つの感情が生まれた。

――かわいそう、だ。

私はその時はじめて、サナが可哀想に思えた。この子の観察眼や記憶力、まわりへの配慮や警戒心、平べったく言えば頭のよさのようなもの。そういうものが、きっとこの子を不幸にしている。

サナは、気づいてしまう。

カホも忘れて、私ですらもしかしたら忘れてしまっても、サナはきっと大人になってもこのことを覚えている。そう思うと、なんだか暗ぁい気持ちになった。

無人の大歩危《おおぼけ》駅からバスを乗り継いで、かずら橋バス停前で降りた。バス停の前には、三〇〇台以上も車が止められるような、かなり大きな駐車場を有した大型の観光施設があった。バスの車窓から見てきた自然や、昔ながらの朽ち果てそうな家々。そういったものたちと、この観光客目当ての大きな建物はなんだかちぐはぐな印象を与え、しっくりと来なかった。

朽ちるものは、朽ちたらいい。無くなるものは、無くなったらいい。再生だとか活性なんて、しなくていいのに。もしかしたら、こういうものがあることで、ここの村の人たちは仕事ができたりして助かっているのかもしれないけれど、日本のあちこちでこういう施設を見るたびに、なんとなく気味の悪いような気持ちになる。

病院に勤めていた時、延命のためにいろんな管を刺している患者さんを見た時も、同じような感じを覚えた。忙しく働いていて気づかないけれど、ふとしたときに思うのだ。私たちは、何か大事なものに逆らうようなことをしているんじゃないか、って。

五分ほど歩くと、葛《かずら》を編んで作ったという古い橋にたどり着いた。橋を渡るのにはお金がいるそうで、三人分で一〇〇〇円ちょっとを支払った。

「小学校に上がる前の子ぉは、抱っこしてかないと通れませんよ。落ちるからねぇ。小学生だったら頑張れば歩けるけどねぇ」

と、受付のおじさんは言った。

男橋、女橋と二つの橋がかかっているうち、長い方の橋を渡ってみることにした。橋には私たちしかいなくって、二、三歩ふみ出しただけで、ギィギィと不穏な音を立てて揺れる。ワイヤーで補強してあるし切れたりすることはまずねェよ、と料金所の人は言っていたけれど、横から見るよりもかなり高さがあるように感じるし、ぐらぐらして不安定だ。

大人の私ですら、一瞬おののいた。

板と板の隙間が、結構広いのだ。

一〇センチくらいの板が、その倍くらいの隙間を開けて、連ねられている。私の足は二二・五センチなのだけど、少し足の向きを間違えると、靴なんかすぽっと落ちてしまうだろう。大歩危という地名には、大股で歩くと危ない、なんて意味合いがあるそうだけれど、そのことが少しわかった気がした。

大人の私の足でもこれくらいなんだったら、子どもだったら余計に怖いだろうなと思って後ろを振り返ると、サナもカホも橋が始まったばかりのところで、動けなくなってしゃがんでいた。そういえば、二人ともアスレチックの上なんかでも、固まって動けなくなってしまうことが多い。少し面白くなって、両足で橋を横に揺らすと、二人ともきゃああああっと叫び声をあげて、かずらにしがみついた。

「二人とも、来れないんだったら置いてくよ。私、先、行っちゃうからね」

そう言いながら、橋の真ん中あたりまで歩いた。四五メートルある橋の、ちょうど真ん中。足と足の板の隙間からは、数メートル下を流れている川が見える。落ちたら死ぬという動物としての本能的な怖さと、切れるはずなんてないという理性がせめぎあって、宙ぶらりんになる。

ふと、子どもに「私」って言えるって、いいなあと思った。

この一〇年、ずうっと、母さんはね、母さんはね、と言い続けてきたような気がする。自分が「母親」という属性であることは事実なのだけれど、私にはどうもそれがしっくり来ていなかった。いつもいつも、母親として大事なこと、母親として正しいこと、守らなければならないこと、そういうことが優先されてしまって、私が大事なことは何かが置き去りになっていったような感覚があった。

サナやカホたちが一歩一歩確かめるように進む揺れをぼんやり感じながら、流れていく川を見渡した。水は澄んでいて、足をつけたら気持ちいいだろうなぁと思った。

こうして日本一周に出てから、置き去りにしてきたようなものを取り戻している感覚がある。でもその奥に、なんでお前はこんなことをしているんだ、と自分を責めるような気持ちがあるのも事実だ。

橋の真ん中から、ゆっくりと歩き始めた。

右足、左足。傷んで変色した床板を、一歩一歩踏みしめながら、向こう岸へと渡る。足になじんでいる、ボロボロのスニーカーを落とさないように、気を付けながら。一歩歩くごとに、自分が自由に近づいていくような気がした。

それなのに、一歩ごとに、罪が重くなっていくような気もした。

そうした暗ぁい、自分でも見たくないような気持ちが、なんなのかよくわからなかった。このすっきりとしない気持ちは、何なのか。考えているうちに、割れている板に足をひっかけ、板を踏み外しそうになった。あわてて横のかずらをぎゅっと摑むと、かずらがささくれていたのか、手のひらをちくっとする痛みが刺した。

その瞬間、気づいた。

ここから、私が落ちたら。

——ううん、私じゃなくて、この子たちがここから落ちたら、私は自分の手を汚さなくても、自由になれるんじゃあないの。

何言ってるの。そんなことやっちゃいけない。

そう思うのに、私はその思い付きをやってみたくて、止められなかった。向こう岸の近くまで速足で行き、かずらを摑んでぐいぐいと両手で揺らした。千切れるんじゃないかというくらい。さっきのようなチクチクという感触とともに、きしんだ大きな音をつり橋が立てた。どうにでも、なればいい。

「おねぇちゃぁあん」

とカホが金切り声を上げた。はっ、と我に返り、前を見ると、子どもが四つん這いで、床板にへばりつくようにして橋につかまっていた。自分の、娘だった。

「母さん、ふざけるのもいい加減にしてっ。揺らしたら危ないじゃないよっ」

と、サナが大声で叫んだ。泣き始めたカホの手を右手で引きずるようにしながら、左手で橋をつかんで、そろそろとこちら側へと渡ってきた。「カホ、絶対落ちやしないから。ね?」と言いながら。

置いていったことと、揺らしたことを二人からぶぅぶぅと怒られた。

おねぇちゃぁあん、かぁ。

カホの甘ったれた声が、頭によみがえる。

ふと、自分が子どもだった頃のことを思い出した。自分の味方であることを、確信しきっているような声。助けてくれないなんて、微塵も疑わない声。自分もああいう風に誰かを呼んでいたときがあること、私にも姉がいたことが、ふいに蘇ってきた。

そうだわ、久しぶりに姉さんに会おう。数か月前に開通したばかりの明石海峡大橋や大鳴門橋を通る高速を渡って、関西入りするルートを、私は考え始めた。

*

大阪から片町線に乗って、東へと向かう。大阪と東大阪の境にあるこの駅は、むかぁし来た時から、変わっていない。時代から取り残されたような、古い文化住宅や商店街が立ち並んでいる。

姉さんは、よくこんなところに住むなあ。大阪にはもっといいところあるだろうに。最初はそう思ったけれど、あまりに近代的な街には住みたくないという気持ちもわからないではなかった。田舎から出てきた人間は、ビルや直線的な建物が立ち並び、すれ違う人たちの身なりのきちんとした感じに、少し引け目を感じるのだ。

この町のように、ステテコ姿のおじいさんや、トイレにあるようなつっかけサンダルのおばちゃんがいる方が、空気が吸いやすい。自分がいてもいい場所なのだ、と。

姉さんは、二回り以上年上だ。私は七人兄弟の末っ子で、姉さんは上から三番目にあたる。私が生まれた時にはもう大阪で働いていたから、お盆や正月に帰ってくるのを見かけるだけだった。

姉さんとは、父親は一緒だけど、母親が違う。だから、子どものころは心の中で、はんぶん姉さん、と呼んでいた。親くらい年の離れているはんぶん姉さんに、

「大阪ええねぇ、都会なんでしょう」

と言うと、

「なんでかわからんけど、大阪で買う服、きつぃんや。あの人たちケチやから、布地をケチって縮めとるんやないかと疑うわぁ。はは」

と笑っていた。


はんぶん姉さんの母親は、私の伯母だ。姉さんは、私にはいとこでもある。

病気で伯母さん（はんぶん姉さんの母）が亡くなったとき、

「からだの弱いもんを押し付けて悪かった。あんたもまだ働けるし、世話してくれる人がいるやろ。下の妹をよこそうやないか。もう三〇になるんで行き遅れやが、丈夫や」

という話になり、私の母が、後妻として父のもとへと嫁ぐことになったらしい。なんでそんなことをしたのか、私にはよくわからないけれど、当時はそういう風なことも多かったと聞く。母さんの家は貧しい農家で、少しでも食い扶持を減らしたいのもあったかもしれない。父はそのころ、五〇を超えていた。


母さんは近隣の村で生まれて、農家の家で育った。男の人が都市に行ってしまうもんで、近くで旦那さんが決まらないまま、畑を手伝っていた。

父さんが再婚だったし、母も年がいっていることもあってか、派手な祝言などはあげず、軽トラの荷台に乗ってお輿入れしたと聞いた。昔、友人が「お母さんの着物を結婚式で着るんよ」と言っていたのが羨ましくて、「うちにも、そういうのないの」と聞いたら、その話をしてくれた。「だから、あんたは自分で自分の好きなもん、着りゃあええわい」、と。

そうして、義兄さんだったはずの人は、母の夫になった。

だけれど、その夫、つまり私の父は、私が生まれた二年後に死んでしまった。


半分だけ血の繋がった大きな子どもたちと、母とが、家に残された。母さんは、私にとってはもちろん母なのだけど、はんぶん兄さんやはんぶん姉さんたちにとっては、そうではなかった。「母さん」ともなかなか呼べなかった。実際、年も五つか一〇くらいしか離れていない。

何度か、帰省してきたときに子どもたちの誰かが間違えて「おばさん」と呼んでしまい、母さんや姉さんたちが、気まずそうな表情をするのを見たことがある。母がなんとも言えない表情で押し黙るのを見ては、可哀想だと思う気持ちもあった。でも、五歳年上のお姉さんをどこかから連れてこられて、「今日から母さんですよ」と言われても、困惑するだろうなということも、わかった。

どちらとも血がつながっていて、どちらの気持ちもわかって、その真ん中で生きてきたから、私はいつしか顔色を見るのがうまくなった。父が亡くなり収入が減る中で、母が田畑を耕して、頑張ってくれていることも、よく知っていた。

　年があんまりにも離れていたからかもしれないけど、はんぶん兄さんや姉さんたちにいじめられるようなことはなかった。一番年の近いはんぶん姉さんですら一六も年上で、一番上の兄さんなんて、私より三〇も年上だった。末っ子の私のことを娘みたいにかわいがってくれた。

　ただ、目に見えない細ぉい線が、この家の家族の間に巧妙にひかれているようで、うっすらと寂しかったことだけ覚えている。はんぶん兄さんや姉さんたち、母、そしてどちらとも血の繋がった宙ぶらりんのコウ兄さんと私。でも、それはどうしようもないことだった。


　薄暗い団地に着いて、おんなじ建物が立ち並ぶ中で、姉さんの住む棟を探した。団地の中でも一番奥まった場所にある、その棟の入り口には、アロエとブーゲンビリアがぼうぼうと葉を伸ばしていて、荒れ果てた南国のような雰囲気を感じさせた。

　二階に上がり、表札を確認して、インターホンを押す。「奈保子です」と小さな声で話すと、「よぅ来たねえ」という声とともに、薄いグリーンに塗られたドアが開いた。

一人立つのがせいいっぱいの玄関に所せましと安っぽい靴が並んでいる。いつ買ったのかわからない、剝げたままの靴、泥がついたままの靴。その足の置き場のない玄関に、姉さんが立っていた。閉じている家の匂いがした。

想像していた風体とは違い、長かった髪は白髪になってざっくりと結ばれ、腰が曲がって随分と小さい。その姿に、少なからずショックを受けた。そして、今の気持ちが顔に出ていないといいなぁと思った。

いくら介護の仕事でお爺さんやお婆さんを見慣れていても、肉親が老いていくということには、なにか別の悲しみや苛立ちを感じる。大事だったものが少しずつ壊れてゆき、憧れていたものがきらめきを失ってしまうような。

でもきっと、私も同じように思われているんだろう。奈保子、子どもができてやつれたなぁと。子どもができてから、姉の家に来ることはなかった。姉さんの記憶の中では、私はいまも独身で、世間知らずなままなのかもしれない。それでも、現実にここにいるのは、七〇歳の姉さんと、四五歳の私だった。

「遅くに来て、疲れたやろ。いま食べるもんつくったるわ。ちょっと待ちぃな」

と言い、姉さんは台所に立った。薄汚れたピンク色のじゅうたんの敷かれた居間には、壁に沿ってよくわからないものたちが積み上げられていた。

私たちは、蛍光灯の下の白いプラスチックのちゃぶ台のところに座り、なにをするでもなしにそれを待った。部屋中から、時間の重さのようなものがじわじわと自分を侵食しているようで、それが辛かった。

「さぁ、できたでぇ」

と運んでこられたのは、大量の焼きそばだった。私と姉と子ども二人で食べるには、明らかに多すぎる量の焼きそば。大きすぎる野菜の切り方に、ムラになったソース。それでも、サナとカホは喜んで食べた。

子どもだから、もともと焼きそばとかカレーとか、そうした大味な料理が好きだし、久しぶりの手料理で温かいごはんが嬉しかったのだろう。移動中は、弁当だとかバナナだとか、コンビニのサンドイッチなんかを食べていることが多かった。特に山間部の移動はそうで、都合よくごはん処なんてないから買い溜めをする。

姉さんは、満足げにサナとカホが食べる様子を眺めた。

「あぁ、よかったわぁ。こういうの、子どもらぁは好きやと思ったんよ。久しぶりに料理したかいがあったわぁ」

大味な料理がそんなに得意ではない私は、焼きそばは少し食べるだけにして、かわりに麦茶をすすっていた。

「え、ねえさん。普段はご飯どうしてんの」

「一人やと、つくらんよ。駅の向こう側にな、安いスーパーがあってな。夜八時半ごろに、惣菜なんかに半額のシールを貼りよるから、それを買ってきてつまんどる」

この安っぽい白いテーブルの上で、ひとりスーパーのビニール袋から惣菜を出すねぇさんを想像した。きっと、お皿に盛りつけることもしないのだろう。なんとも言えない気持ちになった。

姉さんの団地にはじめて来たのは、もう二五年以上前だ。

私は高校を出た後、しばらく関西で働いていた時期があって、当時はよく姉さんの家に来ていた。その頃の私は小さな四畳半の和室のアパートを借りていて、

「ひとりでこんなコンクリートの家に住んどるなんて、ええなぁ。すごいやん」

とよく姉さんに声をかけていた。

今では、当時うらやましく思ったコンクリートの外観も汚れ、うらさびれた雰囲気になっている。この年月。この年月をずっとひとり、ここでご飯を食べていたのかと思うと、いたたまれない。でも、それを顔に出さないように、笑って言った。東京に来てから、意識

して喋っていた標準語を、ここでは使わなくてもよかった。

「ねえさん、昔からお得なもんが好きやもんねぇ。うちも自分のこと節約上手や思てたけど、ねえさん譲りやな」

なんでも、お風呂を沸かす機械が壊れてて、修理をしていないそうで、サナとカホを連れて銭湯へ行った。

「修理代、高いんよ。この年になると、毎日お風呂に入るもんでもないしなぁ。人にも会わへんし」

と姉さんは言った。

銭湯の帰りに、姉さんがアイスキャンデーをサナとカホに買ってくれた。きゃいきゃい言いながらアイスを舐めて歩くサナとカホに、少し離れて、私と姉さんがのろのろとついていった。大阪の蒸し暑い空気に、石鹸のミルク臭い匂いが広がる。姉さんは、もう子どものスピードで歩くことはできなかった。

「……えぇなあ、あんた。子どももおって、旦那もおって、えぇなぁ……」

姉さんが、かき消えそうな声で、つぶやいた。

姉さんは、一度結婚したけど離婚して、それからずっとひとりで暮らしている。子どもは、いなかった。私が大阪に来た頃、もう姉さんはすでに離婚した後で、どうして離婚したのとか、寂しくないのとか、そういうことは聞けなかった。

ひとり言のようにも聞こえて、なんと返事をしたらいいかわからず黙っていると、笑顔を向けて話しかけてきた。

「東京での生活は、どぅやぁ」

「あぁ、もう東京にはいないんよ。だいぶ前にひっこしとる。年賀状にかいたやろ。今は神奈川県の奥の方におる。田舎町やで」

「そうやったかぃ。もう、よく覚えとれんでね。いろぉんなことが、ぽろぽろ抜けよる」

私の背も一五〇センチないけれど、腰が曲がった姉さんは、もうっと小さくなっていた。いずれ、私もこうなるんだろうか。小さく、小さく。縮んで、消えていく。

「あれ。だんなさん、しげひろさんやっけ。一緒に来るんやないんやね。仕事でも忙しいんかね」

「ああ、そうや。出版社の仕事が忙しいんみたいでなぁ」

私はとっさに嘘をついた。名前が違っていたけれど、訂正もしなかった。

「出版社かぁ。本を作るだなんて、うちにはよぅわからんし、一生縁のない、雲の上みたいな世界の話や。……ぅちは結局、子どももできないまま離婚してしまったけど、あンたはええなぁ。東京にも行けて、娘も二人おって、頭のええだんなさんもおって、怖ぃもんなしやなぃ。人生、言うことなしやろ」

なんと返事したらいいかわからず、私は無言で微笑んだ。

家に帰りつくと、子どもたちは眠くなったようで、すぐに布団を敷く準備をした。居間の奥に、六畳と四畳半の和室があって、そこのふすまを開け放して、布団を並べていった。布団が足りなくて、冬用の掛布団を敷布団にしたり、バスタオルをかけたりして、ようやく寝れるようになった。これでも、寝袋に比べたらずっといい寝床で、サナとカホは「ぜいたくだねぇ」といいながら、すぐに寝入ってしまった。

けれど、蛍光灯の灯りを落としても、私は眠くならなかった。ええなぁ……、あんたはええなぁ……という姉さんの小さなつぶやきが、耳に残っていた。

「ねえさん、うち、別によぅないよ。うらやましいことなんて、ないんよ」

天井の蛍光灯の真ん中に淡く光る、オレンジ色の豆電球を眺めながら言った。

「なにがや」

「うちなぁ。うちの家族、壊れそうなんゃ。……うちのせいかもしれへん」

言葉にすると、涙があふれてきた。姉さんのほうを向くことはできなくって、仰向けのまま涙が耳のほうへと流れていった。

「ぅち、ないんよ。ねえさんは、父さんの思い出あるやろ。ぅちには、ないんよ。あたし、なんでこんなに、家族がうまくできないのかなって思ぅん。ちゃんとした家族ってもんがわからんのよ」

姉さんが体を横向きにして、こちらを向いたのが、目の端でわかった。けれど私は、姉さんのほうをまっすぐ向くことはできなかった。こんな顔を見せたくなかった。四五にもなって。

「奈保子。奈保子はなんも悪くなぃでぇ」

そのか細い声に、また涙が出た。

本当は、わかっている。母親は自分の娘をぶってはいけないことだとか、そういうことはわかっている。でも、頭ではわかるけど。どうにもできない。

こういう家族になりたいわけじゃなかった。子どもの頃にあったような、微妙な空気の流れる家族が嫌で、おとなになったらちゃんとした家族をつくろう、つくろうと思ってきた。でも、しげちゃんの稼ぎも、家族の関係も、なにもかもがうまくいかない。

どうしたらちゃんとした家族のようなものができるのか、わからない。自分の未熟さを子どもにぶつけてはいけないと思うのだけれど、どうしてもサナやカホを見ていると、自分の未熟さや不完全さを見せつけられているようで、手を挙げてしまう。このままじゃ。

……このままじゃ、かずら橋での衝動みたいに、いつか取り返しのつかないことをしてしまう。

「ねえさん……。ぅち、今も宙ぶらりんなままなんよ」

部屋中にところ狭しと置かれている物たちが、そのため息のような声を、静かに静かに吸い込んでいった。

# 7——星にいちばん近い駅

立山　一九九八年九月一日

星に、いちばん近い駅で目が覚めた。

標高二四五〇メートルだという室堂《むろどう》の駅は、まだ九月も始まったばかりだというのに、昼間でも一六度、夜になると一〇度くらいしかない。

東京でいう、一〇月終わり頃の気温だ。

もちろん野宿するのも寒いので、持っていたTシャツや長袖のウインドブレーカーをすべて重ね着して、胴に新聞紙を巻くような形で寝ている。

駅には登山客向けのホテルが併設されていて、多くの人がそこに泊まるのだろう。野宿しているような人は、私たちくらいしかいなかった。

大阪の伯母さんのところを出た後、まわり残していた山陰・山陽を巡り、近畿圏を巡った後、岐阜を北上する形でここまで来た。すでに旅程は半分を過ぎたが、みんな少しずつ疲れが溜まっている。昨日の山登りの疲れもあってか、カホと母さんはぐっすりと眠っているようで、寝袋はピクリともしなかった。

きっと、今、このへんで起きている人はわたししかいない。

星々があまりに近くに瞬いていて、わたしは祝福されているのだ、と思った。明け方が近づき、濃青色の空の色が少しずつ薄くなっていくのを、飽きずにぼうっと見つめていた。星々とのコントラストが、徐々に柔らかくなっていく。

こういう、誰とも話さない時間が、好きだった。

冷たい透明な空気を山で吸っていると、家族のこととか、現実だとか、自分が人間であることすら、溶けてなくなっていくような気がする。自分の中の何かが、この寒さで洗われていくような。

体が徐々に冷えてきて、つい手をこすりあわせると、てのひらがじぃんと痛んだ。昨日、剱岳《つるぎだけ》という山に登った時のものだ。


剱岳へは、室堂からしばらくはのどかな道だ。高山の花々を脇に見ながら歩いていく。途中の道にはオコジョなんかが顔を出したりもしていて、特に子どものオコジョは警戒心が少なくて、触れそうな距離まで来る。持っていた非常食用のカンパンを投げると戯れるように飛び跳ね、なんて可愛い生き物なんだろうと、独り占めしたいような気持ちが湧いた。

そうして赤い屋根をした平家の山小屋を通り過ぎると、岩場や鎖場が現れる。山小屋でヘルメットを借りていく人も多かったけど、「たいしたことないわよ」と母さんが言い、わたしたちは軽装のままだった。

何度か鎖場を上ると、登山者がたくさんいて、渋滞している場所がある。下から見るとそこまで急斜面にも見えないのだけれど、実際に岩場に取り付いている人は、少しずつしか進めていない様子だった。両手両足を広げて山に取り付いている姿は、クモとかカニとか、別の生物みたいだ。

室堂付近にはちらちらと見かけていた親子連れの姿も、ここに来ると全然見当たらない。山登りは好きで、負けず嫌いな私でも、「これって登れるのかな」という不安が、ちらりと頭をかすめた。


一人ずつしかのぼるスペースはないので、母さんとカホと私、誰から先に登るかを決めなくてはいけない。他の観光客も順番を待っている状態なので、あんまりゆっくり進むと、列がつかえてしまう。

体力が一番ないのは、カホだ。

カホを一番先頭や最後尾にするのは危ないので、真ん中にするしかない。となると、母さんか自分が先頭を行くしかないのだが、母さんが先頭になってしまうと、大人には登れても子どもは無理だとか、そういったことを判断できない可能性があった。

「……わたしが、一番先頭を登るね」

と言い、岩肌に取り付いた。上だけを見て、摑めるところを探して、体を引き上げる。最初の数歩は簡単に登れた。ふぅん、たいしたことない。下から「子どもは体が軽いから速いのねぇ」「坊主、頑張れぇ」と、誰かがいう声が聞こえてきた。

ふと足元に目をやると、すでにマンションの四階か五階の高さまで来ていた。

こわい。疲れからなのか、恐怖からなのか、足がガクガクと震える。

一度おびえてしまうとだめだ。もう、こんなの無理だと投げ出してしまいたくなった。でも、登るよりも降りるほうがもっと怖い。

手がしびれてきて、このままだといつまで張り付いていられるかもわからない。


上を行く人たちを見ると、みんなほぼ同じ足場に足をかけているようだった。印がついているわけではないけれど、ここには、なんらか決まったルートのようなものがあるかもしれない。前を進んでいるおじさんと、同じ足場に足をかけてみよう。そう思って、足を持ち上げてみたけれど、届かなかった。大人とは歩幅が違うのだ。

なんとか自分の足の横幅がすべて収まるような大きい足場を見つけて、少し息を整えていると、ふいに四年前に行った、富士山のことを思い出した。

あのときわたしはまだ六歳で、家族四人で富士山に行った。

たしか、父さんはまだちゃんと会社で働いていて、母さんもたまにヒステリーを起こしてはいたけれど機嫌スイッチも今ほど頻繁に入らなくて、ふつうの家族だったような気がする。

八合目くらいで疲れてしまって登頂はしなかったけれど、わたしは手を引かれて、カホはおんぶされて、山を降りた。あの頃は、二人ともまだこどもだったのだ。


もう一度下を覗くと、足元から下へと、小さい砂利がパラパラ転がっていく。

「七〇度の斜面らしいわよぉ」

と下ですれ違った登山客のおばさんが言っていたけれど、岩に張り付いていると、垂直にしか感じられなかった。

垂直の岩場に、へばりついている。

わたしには、動物のような吸盤やカギづめもないのだから、岩と岩の隙間にもたれかかっているという方が近い。

冷たい風が鼻先と頰を撫で、筋肉の疲れと赤くなったてのひらの痛みが、じんじんと体に響いた。それでもまだ、上を見上げると、今登ってきたよりも倍以上長い距離を登らないといけなそうだった。

ひとつのことを、思った。

――ああ、わたしはもう、こどもではないんだな。

誰かが当たり前に手を引いてくれるものだとか、泣いたら助けてくれるだとか、そういうことを信じられるのが、こどもだ。

どこがはっきりとした境目だったのかはわからないけど、きっと少しずつそうした子どもらしさは削れていって、もう、自分には無くなってしまったんだ。

困ったことは自分で解決しなきゃいけない。誰かが手を引いてくれることもないし、疲れたと投げ出すことも、泣いて逃げ出すこともできない。

自分で、ここを登るしかないのだ。

そう思った瞬間に、上から見知らぬ男性の声が響いてきた。先を行っている五〇代くらいのおじさんが、こちらを見下ろしていた。わたしが止まったままでいることが、気になったのかもしれない。

「坊主、手の力で登っているからダメなんだ。ロッククライミングは足の力なんだよ。足だけで登るんだ。手じゃなくて足を先に動かせ」

そんなこと言われても、手の力を抜いたら今にも落ちそうなのだ。言うのは簡単だよ、と思ったけど、どうにか登るしかなかった。足の力、足が先、足が先……考えてもよくわからないので、とりあえずやってみることにした。

右足をがに股のように折り曲げながらぐいと上にあげて、足場を探す。足場でふんばって体を上に引き上げてから、右手で岩場をつかむ。次、左足を先に持ち上げて、左手を上に伸ばす。

何度かやっているうちに、手ではなくて下半身の力で登っていくと、少し楽だと気がついた。

それでも、岩の壁はまだまだ長かった。

結局はカホの疲れもあって、最後まで登りきらずにわたしたちは引き返すことにした。登るよりも降りる方がずうっと怖くて、最後は岩場から滑り落ちるような形になり、体をたくさん引っ搔かれて打ち身ができた。長袖長ズボンじゃなかったら、血が出ていたと思う。

降りてから、少しの間立ち上がれずに手足を投げ出して坐った。手がじぃんじぃんと響くように痛くって、それでもわたしは、腰を下ろせる地上に安堵した。

打ち身ができた膝を洋服の上からこすりながら、明るくなった空を見ていると、母さんが目を覚ました。わたしが先に起きていたことに気づくと、声をかけてきた。

「ずいぶん早いね」

「……うん」

母さんと喋る時、わたしは口数が減る。

「ねむかったら、午後は列車の中で寝たら。昨日はすごく山道を急いだから、今日は花とかをゆっくり見て回って、それから移動しようと思うけど」

「うん」

室堂へ最初の始発がついて登山客がガヤガヤしてきた頃に、カホも目を覚まし、わたしたちは寝袋をギュウギュウと丸めた。朝食べようと買っておいた袋入りのあんぱんは、空気が薄いから、破裂しそうなほどに膨らんでいる。

ここはまだ、高山なのだ。

朝靄が晴れて、ゆっくり歩きながらよくよくあたりを見渡すと、室堂は花だらけだった。昨日、少し遠くから足早に通り過ぎた花のひとつひとつを覗き込むと、どれも可愛らしかった。園芸種と違って、山にある花々は小さくて控えめだ。だけども、よく見るとハッとするような可愛らしさがある。中央が黄色い白地の花や、濃いピンクの花。

歩道から少し離れて歩いていると、紫の花が群生しているのを見つけた。うつむいたような花が、控えめでかわいらしい。背丈が大きく、丈夫そうでもあった。

これなら、持って帰れるんじゃないかなあ。

去年、近所の山で畑を借りて、母さんやカホとサツマイモを育てたりしていた。サツマイモの苗は、根っこを一週間くらい湿った新聞紙にくるんでおいておくと、根付きがよくなる。

この植物にサツマイモほどの生命力があるかはわからないけれど、根っこを新聞やビニールでくるめば、封筒に入れて送ったりできる可能性がある。

もしくは、土と一緒に袋にいれたら、あと残り一週間くらいなら、持ち運べるかもしれない。すでに九月に入っていて、青春18きっぷの期限にあわせて家に帰れるとしたら、あと一〇日もしないうちに、家につくはずなのだ。

気候が合うかはわからないけれど、家の庭に、日本一周した時の花が咲いているなんて、なんだかいいな。そうして、わたしは小さめの株を探し始めた。

スーパーの袋にくるめそうな、手頃な株を見つけた時、

「触っちゃいけないよぉ」

と急に後ろの方から声をかけられた。株を探すのに夢中で、人が来ていることに、気づかなかった。

花から手を引っ込めようとしたら、わたしはまだ茎をつかんだままで、花がぽきりと折れてしまった。慌ててそれをウインドブレーカーのポケットにつっこんで隠し、振り向いた。髪に白髪がだいぶ交じった、六〇代だろうと思われる、品の良さそうなおじいさんがいた。

「綺麗だろう、その花。でも毒があってねえ、食べると危ないんだ」

「……はい」

「この辺にいっぱいある花、可愛いけどねえ。毒があるものも多いんだ。君、花が好きなのかな。男の子なのに珍しいねえ。でも気をつけないといけないよ」

「ありがとうございます」

歩道に戻ると、少し先を、母さんとカホが手を繋いで歩いていた。

わたしはその姿を、後ろからそうっと眺めた。こうして見ると、わたしたちは休日にハイキングにやって来た、幸せな親子みたいだった。野宿で日本を一周しているなんて、今でも少し不思議だ。

「日本一周に行くことにしたけど、一緒にくる？」

と母さんが言い始めた時から、もう三か月以上たっている。野宿にもだいぶ慣れてきた。

最初は、旅に出ることになんだか不穏な気持ちを抱いていたけど、今は、日本一周に来てよかったと思う。母さんは、この旅行中に、機嫌スイッチをオンにすることはなかった。

ああ、あの家が、母さんの気持ちを重くしていたのかもしれない……と思う。

母さんは、ずうっと家を出たがっていた。

たしか、「出ていけるように荷物をまとめなさい」と言い始めたのは一年前、去年の夏だ。

「起きなさいよ。今から家を出て行くから、荷物をまとめなさい」

揺り動かされて目を開けると、暗闇の中に、母さんの顔があった。普段はたれ目なのだが、つり目になっている顔つきを見て、わたしはすぐに目を覚ました。

今は、母さんの機嫌スイッチがオンだ。

ぼんやりしていると、叩かれるかもしれない。

「かあさん……、どうしたの。何かあったの」

「こんな家はもう出て行くから、今すぐ荷物をまとめるのよ」

布団から這い出ると、冷たい空気が手足を触り、わたしは思わず身震いをした。家の隅にある大きな柱時計を見ると、時刻は夜中の三時になろうとしていた。

いったい母さんは、何を血迷ったんだろう。もともと最近、別居するだの離婚するだの、よく耳にするようにはなっていたけれど、こんな時間に。

「あの……、あのさ、朝になってからじゃダメなの？」

「今すぐよ、土間にある段ボール箱を組み立てて、荷物を詰めなさい。今すぐ」

有無を言わせない必死さに押されて、のろのろと立ち上がり、電灯の紐を引っ張った。

急な明るさで目をつぶったけれど、まぶたを通してぼうっと明るい光が入る。

目を開けると、眠っていたようなタンスや家具たちが、急に起こされたかのように、目の前に鎮座していた。

天井まで届きそうなタンスの扉を開けて、運ぶ荷物を選び出し始めた。

わたしに続いて、横にいたカホも母さんに叩き起こされて、訳の分からぬまま愚図りながらも、一緒に荷物を詰めていった。あの本はいる、これはいらない、そのおもちゃはいる。どこに行くのかもはっきりと聞いていないまま、ただ荷物を整理して詰めた。

火事場のなんとかという言葉があるけれど、六時間と少しで、すべての荷物を詰め終わった。真っ暗だった外は、ゆっくりと明るくなり、いまや木々が濃い影を庭に落としていた。黒くはっきりした影を見ながら、自分がとてもお腹が空いていることに気づいた。

「母さん、荷物詰めたよ。これどこに運ぶの。田舎に帰るの？」

夜中からずっと言い争いをしていた父さんと母さんは、疲れ切っていたのか、返事もしなかった。わたしたちは喧嘩をする両親の声をＢＧＭに荷造りをしていた。

「母さん、聞こえる？　わたしたち、荷物詰めたんだけど。荷物が届くまでの下着と洋服と、すぐ使いそうなものは、リュックに入れたし」

責めの響きが混じり、少し口調がきつぅくなった。

あぁ、嫌な子。

自分のことをそう思った。

「……もういいわ。今日は出て行くのやめたから。荷物を元に戻しなさい」

「え、だって。いまやっと詰め終わったんだよ。ガムテープで封もしたし」

「いいから、棚に戻しなさい。今日は疲れたから、出ていかないことにしたのよ」

荷物を詰めろと起こしたの、母さんじゃない。

だから、ご飯も食べずに、詰めたんじゃない。

そう言いたかった。

母の振る舞いは、道理が通ってないような気がした。けれどこれ以上、そのことを指摘すると、また母の機嫌スイッチがオンになってしまう気がする。

数枚しかない下着と靴下、フリーマーケットで一〇〇円や三〇〇円で買ってもらった洋服たち、幼い頃から持っているおもちゃ。編み物の毛糸やリリアン。父が、仕事で東京へ行った時に、少しずつ買ってくれる漫画や本、ゴミ置場で拾った、植物図鑑。

わたしはそれらを、ひとつひとつ自分の棚に戻していった。


そういうことが、一度や二度ではなく、何度も起きた。

不安がり機嫌を悪くして愚図るカホに、「これは荷物詰めゲームなんだよ。早く詰めた方が勝ちだからね」と何度も荷物を詰めさせた。

わたしはどんどん荷造りが早くなってゆき、しまいには、いくつかの本やおもちゃたちを段ボールに詰めたままにするようになった。

ここから出て行って、新しく三人でやり直そうということ。

ここから出て行かずに、もう一度四人で頑張ってみようということ。

わたしは、もうどちらでもよかった。

最初は「田舎は、将来の選択肢が狭まりそうで、ちょっと嫌だな。大学にも行きたいし」とか言っていたけれど、そんなことは、だんだんと口にできなくなっていった。


まだ聞けていない。

かあさんは、この旅の間に、なにか気持ちを固めたんだろうか。

やっぱり、父さんと母さんは離婚するんだろうか。


そんなことを思っていると、カホが後ろにいるわたしに気づき、こちらにたたたっと駆けてきた。手に持って振っているのは、小さな花だろうか。

「ねえ、サナ姉」

カホが横に来て、小さな声で言った。

「うん?」

「カホのさぁ、学校始まる日って九月一日なんだよ。だから、もう学校始まってて。勉強遅れちゃうかなあ。またクラスメイトにからかわれるの嫌だなあ」

笑いながら答えた。

「もうすぐ一〇日だし、切符の期限が来るから帰れるよ。……家にさ、みんなで無事に帰れたらそれでいいじゃん。勉強なんて、いつでもできるしさ」

もし、離婚することになったら、カホは転校することになるのかもしれない。

そう頭をよぎったけれど、言わなかった。


もうすぐ、北へ着く。

北の果てへと着いたら、この旅は終わるのだ。

そうしたら、この家のことにも、なんかの答えが出るのだろう。

連日の野宿で疲れのようなものは溜まっていたけれど、ゴールが近づいていることが、わたしとカホに、また元気を取り戻させた。

カホが勉強や学校のことを気にするのと同じように、わたしはダンの散歩のことやほっぽらかしてきた畑のことが気になり始め、現実が少しずつ頭の中を侵食し始めていた。

脳みそというのは都合よくできていて、あんなに逃げ出したかった場所のはずなのに、しばらく離れてみると、楽しかったことだとか近所の風景とか、そういう綺麗な記憶を思い出させてくれる。

わたしたちが、そうして終わりへの期待を強めていくのに反して、母さんは少しずつしおれていくようで、少しだけ気になっていた。体の疲れが溜まっているのかな。母さんは若く見えても、もうわたしの四倍以上も歳をとっているし、ずっと野宿している中で、疲れてもおかしくない。

しおれたような母さんの背中を見ているうちに、さっき摘んだポケットの中の花のことは、もう忘れていた。

# 8——いなくなった母さんと、ヒロ爺

仙台　一九九八年九月十日過ぎ

わたしは、なんでここにいるのだろう。

駅前の広場の植え込みの縁に腰掛け、足を投げ出して坐りながら、俯いたまま一生懸命考えていた。ファッションビルが立ち並び、たくさんの人が行きかう大きな駅はどこも同じように見える。気をしっかり持っていないと、ここがどこなのかもすぐ曖昧に溶けてわからなくなってゆく。

母さんがいなくなったのは、五時間ほど前だ。

「バスの路線を確認して、切符を買ってくるから」

と言ってカホを連れたまま駅の構内へと歩いてゆき、そのまま戻ってこない。

いくら母さんでも、子どもをずっと忘れたままにしているということは、考えられなかった。

最初に考えたのは、事故にあって病院に救急車で運ばれたとか、急に具合が悪くなって倒れたとかそういうことで、数時間前にジェイアールの駅員さんとバス会社さんに、確かめに行った。

でも、「小学校低学年の子ども連れの女性で、大きな黒い鞄を持った病人とか、いませんでしたか」と窓口で聞いても、当てはまるような人はいなくって、駅員さんたちも困惑した顔をするだけだった。

いたずらで隠れているのかな、と思ったけど、それにしてはあまりに時間が長すぎた。

——置いて、いかれたかな。

そう思ったら、言いようのない悲しみと怒りが湧いてきた。泣いてしまおうか。どうせ誰も見ていないのだから、泣いてしまおうか。人前で泣くのは好きではなかったけれど、もういまさら、誰かのために強がっている必要があるのかも、よくわからなかった。

「置いていくはずなんてない」と打ち消せない自分がいて、そのことがわたしの悲しみをより膨らませた。いつかこういう日が来るんだろうと、どこかで思っていた。

家族を置いて自分が家出するか、母さんが家出して置いていかれるか。

母さんは機嫌スイッチが入った時に、

「役に立たない子は捨てるよ。置いていくからね」

とよく言う。わたしはそのことがひどく怖く、いつ訪れるのかわからない不安もあって、だんだんとこう考えるようになった。「捨てられるのであれば、こちらから捨てたい。いつか捨てられるのなら、はやくその日が来るといい」と。そして何度かはだしで家から駆け出して家出をしては、連れ戻しに来てもらえることに安堵した。まだ捨てられるタイミングではないのだ、と。

思っていたことがついに起こったのだ。そう思うと、肺がきゅっとつぶれて、息が浅くなった。

何度も想像していたはずじゃないいか。
こういう日が来るって、わかっていたはずじゃないか。
なのに、なんで、こんなに悲しいんだろう。

急にくしゃみが出て、少し肌寒くなっていることに気づいた。
九月ともなると、夕方の仙台は涼しくなっており、リュックサックにぐちゃぐちゃに突っ込んでいた長袖のウインドブレーカーを取り出して、羽織った。

何が、悪かったのだろう。そういえば、昨日いた大間崎《おおまさき》で、母さんは悲しそうにしていた。大間崎とは、日本の本土の最果てだ。

「ねぇ、母さん。九州からずうっと、北の端まで来たね」

お墓のような石碑の横で、海を見ながら、母さんにそう声をかけた。母さんは、こわばった顔で返事をした。

「……何にも、ないのね」

たしかにここには何もない。海しか見えない、島の端っこ。ずうっと遠くに見える陸地は、函館だろうか。

「……もう、この先はないのね」

ちょうど青春18きっぷの期限は明日までで、本土を回ってここまで来れたことに達成感のようなものがあった。

北海道までは行けなかったけれど、またいつか行けたらいい。

「まだ、北海道があるじゃない。今回行けなくても、北の大地にもいつか行ってみたいねえ」

できるだけ明るい調子で言うように努めたけど、母さんはすごく辛そうに、じっと海を見ていた。

わたしの言ったことが、何か悪かったのだろうか。

顔を上げると、スーツを着た会社帰りのＯＬさんやおじさんたちが、ちらちらと自分に目線を投げかけて来ることが、気になった。空には薄闇が広がり、子どもが一人で坐っているのが、目立つようになっていた。

どうしたらいいんだろう。

警察に行って家の住所と電話番号を言えば、きっと父さんに連絡が行く。でも、それだとおおごとになってしまう。たしか、前に新聞で、子どもの置き去り事件が載っているのを見たことがある。母さんは、家に帰った時に「何をやってたんだ」と父さんや親戚から怒鳴られるだろうし、わたしも「置いていかれた子」として扱われるのは嫌だった。

それだけじゃない。

父さんと二人で家にいるのも、怖かった。

父さんは家事ができないし、母さんがいないことで家はきっと荒れている。もしかしたら、わたしたちがいなくなってから、一回もゴミを出していない可能性すらある。

惣菜やつまみが入っていただろうプラスチックのお皿と、お酒の空き缶が散らばった部屋と、目の前をひらひらする木刀を思い出して、わたしはぶるりと震えた。やっぱり、それはいい選択肢とは思えなかった。

ずっと坐っていたら、からだも冷えてきた。

とりあえず立ち上がろうと思ったけれど、どこに行くために立ち上がるのかわからなくて、わたしは固まってしまった。

自分の足やお尻が、植え込みのコンクリートにぺたりと貼り付けられて一つの銅像になってしまったようだった。血が通っていないような、鉛みたいな自分の体。

立ち上がらなきゃ、だめだ。

頑張らなきゃ、だめだ。

げんこつを作って太ももを何回かぽこぽこと叩いた。生きてる、生きてる、動け、動け。

わたしは勢いをつけて、ぱっと立ち上がった。

寝れる場所を探そう、と思った。


わたしは仙台駅前のターミナルから離れて歩き始めた。

さすがに、駅で子どもが野宿しているのは、通報されそうな気がした。駅にある案内用の大きな地図を見て、駅からあんまり離れていなくて、人目につかなそうな公園を探した。ホテルとホテルの隙間にある、小さな公園を見つけて、そこまで歩いて行った。

その公園には、枝垂れ桜と東屋《あずまや》があって、東屋の中のベンチに座ると、やっと少しだけ落ち着いた。幸い、朝に青森から移動してきた時に仕入れたコンビニのパンやバナナはリュックに入っていて、今日食べるものはどうにかなりそうだった。

泣いていても、怒っていても、こんな時でもお腹は空く。

リュックを開けてTシャツを取り出した。Tシャツは、今着ているものと、取り出したものの二つしかなくて、どちらもずいぶん襟ぐりが伸びていた。

旅の間、洗濯はどうしているかと言えば、公園で洗ってその辺にある塀の手すりで干したり、時には駅のトイレの水道なんかで洗い、移動中に電車の窓からたなびかせたりしていたので、すっかり伸びきった。それでも、今のわたしには大事な洋服であり寒さを防ぐものだった。

ご飯を食べると、横になって丸まりたくなり、東屋のベンチの上に寝袋を敷いて、その中に潜った。リュックを足元の部分に入れ、そのあとに体を滑り込ませ、頭まで潜る。

こうすると、リュックの分が身長に足されて、パッと外から見たときのシルエットが長くて男性に見えるし、リュックを盗られることもない。安全を得るためには、大人の男性のように見せることが、何より大事だと今回の旅で理解した。

寝袋に入ると、最初は目が冴えて眠れなかった。

こういう時は、右足、左足、右手、左手と順番に、ゆっくり地面に沈んで一体化していくことをイメージする。京都で野宿していたときに近くにいた、お兄さんに教えてもらった。もしかしたらからかわれていたのかもしれないけれど、何にもしないより、少しは効果があるような気がする。

息を吐きながら、自分の全部が泥に溶けて沈んでいくことを想像して、頭の中を溶かしながら、眠りについた。


——何時間寝たのかわからない。

ふと、人の気配を感じて寝袋からそうっと顔を出すと、正方形をした東屋の、わたしが寝ているのと反対側のベンチに、男の人が寝ようとしていた。

暗くてよく見えないけれど、ダボっとした服のシルエットに、おかっぱが伸びたような長い髪が揺れるのが見えた。

どうしよう、と思った。母さんたちといるときはまだしも、ひとりでいるときに、他の人が近くで寝るのは、なんだか怖かった。けれど、こちらが起きてここを離れるのもなんだか気まずい。少しでもいい場所で野宿をしたいという気持ちはみんな一緒で、ここで寝ないでくださいとも言えない。

少し考えたあと、何にも気づかなかったふりをして、このまま寝ることにした。

何かあったら逃げられるように、いつも通り半分は起きたまま。


朝の光で目を覚まし、寝袋から出ないで、今日どうしたらいいかを考えた。わたしはお金を持っていなくって、食べ物は、昨日残しておいたコンビニのおにぎりが一つ、リュックに入っているだけだ。ここでずっと母さんを待っているなんて無謀なのかもしれない。警察へと行くしかないのだろうか。

とりあえずおにぎりを食べようと思って、寝袋から這い出ると、ガサガサした音が気になったのか、向かいのベンチで寝ている男の人が、目を覚ました。

肩より少し長くおかっぱを伸ばしたような、ぼさぼさの髪。長い前髪から覗く顔は、もちろんホームレスの人特有の苦労を感じさせるけれど、どことなく気が弱そうな優しそうな感じを受けた。

この旅行中に何日かホームレスの人と近くで寝ることがあったけれど、みんな苦労がにじみ出たきつぅい顔をしているものだから、少し意外に感じた。

年老いたゴールデンレトリーバーみたいな顔だ。

五〇代か六〇代かなと思ったけど、こういう人の年齢はよくわからない。

そのおじさんは、無言でわたしのことを見た。

目があってしまったので、何か喋らなくてはいけないかと思い、

「うるさかったですか、ごめんなさい」

と言った。わたしの音で起こしてしまったかと思ったからだ。

おじさんは、返事をするでもなく、ひゃっひゃと笑い出した。真ん中の前歯の二本隣の歯が、かけていた。

「ずいぶん小さい宿無しだな、おい」

なんと答えたらいいかわからず黙っていると、

「近所の子じゃないよなぁ。この辺で見たことねぇし。どっから来た」

「神奈川県」

「とうちゃんや、かあちゃんはどした。ひとりでこんな北まで家出かい」

キタ、という響きが耳に残った。

「母さんと七歳の妹と来ていたんだけれど、ちょっといなくなっちゃって、待ってる」

「ふん」

起き上がったその人は、東屋から出て伸びをした。立つと、思ったよりも背が高い。わたしをじろりと眺めて、言った。

「おまえ、腹減ってねえか」

「……空きました」

何かくれるのかなと思い、つい丁寧な言葉を使った。

「よし、今から食べ物を集めに行くか」


ついて行った先は、近所のコンビニだった。

なんでも、昨晩賞味期限が切れたものを、朝に捨てるらしい。それをこっそり貰って食べている、と言うのだ。

「でも、おなかが空いている人に配ったりしたら、売れなくなるね」

「本当はゴミとして廃棄するのが決まりらしいから、こうして貰っているのは秘密なんだよ。まあ来い」

コンビニに着くと、入り口から入らずに、裏口の従業員用のドアを叩いた。中から、明るい茶色のチリチリとした髪をした、丸っこいおばさんが出てきた。染め方が下手なのか伸ばしっぱなしなのか、髪は妙な金と黒のグラデーションをしている。最初は怖い人かなと思ったけど、おばさんがニッと笑うと表情が緩んだ。

「ちょっとまた食べ物をね、余ってんのがあったら。今日はこいつもいて、お腹が空くっていうから」

「ヒロさん、何かと思ったら、まあ、子どもじゃないかい。どうしたのさ、この子」

「ちょっと、親がいなくなったみたいで」

「警察行った方がいいんじゃないかい。まあ、なんでも持って行ってくれていいけど、面倒なことは嫌だよ」

お礼を言え、というような目をされたので、わたしは慌ててお礼を言った。

「お腹が空いてたんです、ありがとうございます」

精一杯、ニッコリとした。

子どもだということをダシに使われた気がしたけれど、食べ物が手に入るならそれでいい。わたしも、同じようなことはよくやる。うちの近所の畑の農家さんたちも、わたしが

「美味しそうですねぇ」とニコニコすると、よく野菜を分けてくれる。

普段はあんまり表情を表に出さないけれど、こういう時は笑うようにしている。子どもだってことが、武器になるって知ってるから。


三日間は食べれそうだなというくらい、たくさんのサンドイッチやおにぎりをもらった。わたしは食べ物が被らないようにいろいろなものを選んでいたけれど、おじさんはおにぎりばかりを選んで、大量に袋に詰めていた。

お店の迷惑にならないように、もう一度公園に戻って、それを食べる。お腹がいっぱいになったところで、聞かれた。

「おまえ、どうすんだ」

「……駅に坐ってる、つもりです」

この公園にいることは、母さんにはわからない。探しに来るとしたら、もともと別れた駅前ターミナルに来るんじゃないかなあ、と思った。日が昇っているうちは、子どもが一人でいても、そこまで変じゃない。

「ふん。そんじゃ、俺も駅にシゴトに行くか」

そう言ってひょっこりと立ち上がり、東屋の裏の植え込みに置いてある、ブルーシートのようなものをはいだ。昨晩はよくわからなかったけど、ここはもともとおじさんが使っていて、侵入者はわたしだったのだ。

そして何よりも驚いたのは、このホームレスのような風体のおじさんが、シゴトと言ったことだ。

「……おじさんは、何をして働いているんですか」

「これを、売ってる」

荷物をがさごそと探しながら、色紙のような紙をひらりと持ち上げた。

絵描きかな、と思った。そういえば同じような人を、いつだったか上野駅へ行ったときに見かけたことがある。似顔絵を描いたり、詩を売ったりして、公園や駅前に座っている人。

「わ……僕のこと、警察に連れてったり、しないんだね」

わたしと言いそうになって、慌てて僕と言い直した。

「だっておまえ、行きたくなったら自分で行けるだろ。迷子ってのは、自分でどこにも行けないやつだろ」

背中を向けたまま、こともなげに言った。

駅に行くと、おじさんは人が立ち止まりやすいところに、絵のようなものを並べ始めた。

わたしは昨日とおんなじ、ターミナルの植え込みのところに坐った。

たくさんの人が駅の入り口から吐き出され、そしてまた吸い込まれていった。目を細めて、遠くを見るような目で入り口を眺めた。ひとりも見逃さないように。どんなに人が多くても、わたしは母さんとカホを見つけられる。そう思っていたけれど、二人は現れなかった。

太陽が真上を通ってジリジリと照りつけ、また西の方へと動いていった。

体が像になってしまったかのように、そこにずっと張り付いていた。そして、暗くなるとまた足を叩いて立ち上がり、公園に戻り、昨日とおんなじことをおなじ手順でくり返した。おじさんは、また東屋のベンチの向かいで寝ていた。

翌日、朝起きるとおじさんに尋ねられた。

「おまえ、名前は」

なんと答えればいいんだろうと思った時に、公園のさびれたブランコの色が目に入った。

「……アオ」

「アオ、か。今日はどうすんだ」

嘘の名前でも、呼んでくれたことが嬉しかった。

ちょっと考えて、聞いた。コンビニではヒロさんと呼ばれていた気がするけど、一応、聞いておこうと思った。

「……今日も駅に行きます。おじさんの名前は、なんですか」

「俺？　ヒロジーって呼ばれてるけど」

ひろじなのか、ヒロ爺なのかよくわからなかったけれど、見た目からして後者かなあと勝手に決めつけた。

さっきまでただのおじさんだった人が、名前がわかると、少し親しみが感じられた。わたしは家にいた時、犬にはもちろん庭の植物にも一株ずつ名前をつけていた。それは、まわりへの関心が薄いわたしが、世界に愛着を持つための、ひとつのやり方だった。

そしてまた駅へと行き、今日は、もう少しヒロ爺に近い場所の植え込みに座った。

そこからだと、ヒロ爺の姿がよく見えた。駅を通り過ぎてゆく人たちをぼうっと見ていたけれど、ヒロ爺が並べている絵のようなものを手に取る人はいなくって、みんな地面をちらっと見た後に、ヒロ爺を避けるように目線を動かして足早に歩いて行った。

見た目をもっと綺麗にしたら、避けられないのかな。そんな考えが、頭をかすめた。

昼、硬くなってきたコンビニのおにぎりを二つ食べてから、ヒロ爺が布のようなものを広げている売り場へと行ってみた。

よくよく見てみると、ただの正方形の色紙ではなくて、数ページの本になっていた。たぶん本人が書いたであろう、上手とも下手ともつかない、ぎゅっと絵の具を押し付けたような大胆な絵と、短い文章が並んでいた。

いちばん手前に置いてあった本をパラパラと読み、次に、表紙に青くて太った龍のようなものが描かれている一冊を手に取った。

大昔、大地には一つの穴があった。

その穴に溜まった水の中から、大きないきものが生まれた。

大きないきものは、いつのまにか大地よりも大きく強くなり、もとは同じだった二つのものは、お互いのことが、きらいになっていった。

七つの星が一〇〇回巡る、ながい、ながい戦いをした後、最後に勝ったのは、いきものだった。そのいきものは、泣きながら、その大地を食べた。

泣いていたら、のどが渇いて、海を飲み込んだ。

海の水のしょっぱさを和らげるために、空を吸い込んだ。


いきもののまわりには、なんにも、なんにも無くなった。

いきものは、ひとりぼっちになった。


もう、わたしを食べてくれるものはいないのですね。

そう言って、いきものは、また泣いた。


六ページほどで終わってしまう、短くて、さみしいさみしい話だった。

わたしはそれを読んで、ヒロ爺を最初に見た時に感じた、弱そうな優しそうな印象の謎が解けた気がした。

この人は、さみしいのだ。

他の本も全部読んでみたけれど、その青い龍の話が、いちばんいいなあと思った。

わたしみたいな子どもがヒロ爺の隣に坐って、絵を見ていると、通行人の目にも止まりやすいのか、声をかけてくる好奇心のあるおばさんなんかもいた。

子どもがいることは、少しは宣伝にもなるのかもしれない。そのおばさんは、六歳のこどもがいるらしくて、その子に見せる絵本を探しているようだったけど、ひとしきり話した後に、買わないで立ち去って行った。

おばさんの子どもの話を聞きながら、母さんのことを思った。


その日の夜は、九月だというのに冷たい風が吹いて、少し寒かった。透明なビニールの上からおにぎりを押すと、結構硬くなってきていて、食べられるだけありがたいとわかってはいるけど、少しだけ物悲しくなった。

ヒロ爺は、わたしのその様子を見たからなのか、なにやらごそごそと古雑誌なんかを集め、植え込みの陰で火をつけ始めた。そして、洗った大き目の空き缶の中に、おにぎりと水を突っ込んで温める。

しばらくして、「ほい」と渡されると、暗くてよく見えなかったけど、白いドロドロとしたものが入っていた。缶の端っこで口を切らないように気をつけながらすすると、鮭の味がした。鮭味のおかゆ。あったかい。

「サンドイッチじゃ、これができねえ。寒くなるとこうして食べるんさ」

わたしは、素直にすごいと思った。

父さんが編集の知識をもち母さんに介護の知識があるように、こういう生活をしている人には、している人なりの、生きてゆく知恵があるのだ。


食べ終えた後、拾ったであろう短いタバコを吸いながら、ヒロ爺が言った。わたしは下半身を寝袋に突っ込んで、膝を丸めて坐っていた。

「アオ、明日はどうすんだ。明日も待つのか」

「……うん」

「フゥン。まあ、いろんな親がいっからな。子どものことが大事な親ばっかりでもねえ」

タバコの煙を吐きながら、少し苦々しい顔をして、笑った。

風に乗って、タバコの煙がわたしの鼻にも届いた。父さんも、家でタバコを吸う。いつも臭いなぁと思ってて、そのことを思い出したら急に苛立ってきた。

「……知ってるよ」

「あん？」

「みんながみんな、親だから子どもが好きってわけじゃないなんて、知ってる」

そう言って、寝袋に潜った。

母さんはやっぱり、わたしなんていない方がいい、と思ったのかもしれない。今だけではなくて、母さんにとっては、ここ一〇年、ずっとそうだったのかもしれない。

この旅に出る三か月ほど前、母さんがわたしを刺そうとした時がある。

日付はよくわからないけれど、母さんが家にいるのだから、土曜か日曜だった。きっかけは、些細なことだ。

父さんは打ち合わせだとか友人との飲み会だとかで、東京へと出かけている日で、わたしと妹は家でバタバタと遊んでいた。「静かにしてよ」と台所から声が飛んできたような気がしたけれど、よく聞こえていなかった。

しばらくすると、母さんがわたしのいる和室へと飛んできた。

台所にいたらしくて、手に包丁を持っていた。

「何度言わせたら、わかるのよっ。静かにしなさいって言ってるでしょう。私が休みたい時に、休んじゃいけないっていうの。あんたたち、私を怒らせたいの。月火水木金、あんたのために働いているのは誰なのよっ。今日くらい、静かに過ごさせてよっ」

母さんが頑張っているの、知ってる。

父さんが働かなくて、苦労しているの、知ってる。

でも、わたしだってカホと朝から遊べるのは土日くらいで、なんでだかその時、黙っていられなかった。父さんがいるときは「仕事の邪魔になるんだよぉ」と怒鳴られるので、わたしたちにとっても、その日はたまに楽しめる日だったのだ。

「……ぁあたしは、かあさんに働けなんて頼んだことないじゃないっ」

急に大きな声を出したので、最初の方の音は、裏返ってしまった。

「いっしょうけんめい働くのはいいけど、それをわたしたちに押し付けないでよっ。わたしだって、父さんが家にいるから、普段は毎日うるさい音を出さないようにしてるじゃない。ここ最近は、ずっと、ずうっと、母さんを怒らせないようにも、毎日気にしてるじゃないよっ」

わたしの声なのかと思うくらい、大きな甲高い声だった。

こんな気持ちを、人にぶつけたいわけじゃない。

母さんを、傷つけたり、責めたりしたいわけじゃない。

だけど、どうにもできない。

カホは雰囲気に驚いて、ビクッとして泣き始めた。

「ふ、ふたりが、父さんと母さんが揃うと喧嘩ばかりだから、遊ぶことなんてできやしないのよ。わたしは、頼んでないぃっ。働けとも仲良くしろとも、母さんに言ったこと、ないぃっ。父さんが働かないのは、わたしのせいじゃないぃっ。

あんたたちがうまくいかないのは、わたしのせいじゃないぃっ。いつまでわたし、そういうの気にして、いつ殴られるかビクビクしながら、過ごしたらいいのよっ。殴られるために、ここにいるんじゃないぃぃっ」

自分が何を言っているのか、言いたかったのかも、よくわからなかった。

わかったのは、一生懸命に叫ぶと、走ったみたいに息が上がって苦しいんだなということ。

はぁはぁとあえぎながら、母さんを見ると、まったくの無表情だった。それは、機嫌スイッチが入った時の、あからさまに機嫌の悪い顔とも違って、なんだかぞくりとした。

「……黙りなさいよ。あんた、また痛い目に合わないとわからないのね」

母さんは、そう言って、表情を一切変えないままにじり寄ってきた。

「言うことを聞かないと、刺すよ」

と包丁を向けられたことは、これまでにも何度かあった。母さんは、口ではそう言うけれど、それは脅しや母さんの言うところの「しつけ」であって、実際には刺さないだろうと思っていた。

でも、この時は違った。


涙でぼやけて揺れる目の中で、母さんの伸ばした腕と、そこから伸びた包丁の切っ先は、まっすぐにわたしへと向かってきた。

無言で後ずさったが、狭い六畳間では、すぐに限界がきた。

後ろへと引きずった足のかかとが、押入れにぶつかった。目の前には、包丁がある。

もう下がれない。刺される。

そう思った瞬間に、力が抜けて、両足が畳の上をずるりと滑った。畳の上に尻餅をつく形で転び、真上を見上げると、包丁は、わたしの頭があった場所に、突き刺さっていた。

転ばなければ、あれはわたしに刺さってたんだ。

母さんは、何かを刺したことで気が済んだのか、無言で台所へと戻っていった。わたしはゆっくりと体を起こし、襖に空いた縦の裂け目を撫でた。

自分に空くはずだっただろう穴。

昼間にあんなに叫んで疲れているはずなのに、その日の夜、布団の中でふっと目が覚めた。襖を通して、隣の部屋から父さんと母さんの声がした。

「なんで、こんなところでずっと暮らさなきゃいけないの。私はもう、帰りたい。今すぐ、今すぐにここを出て行きたいの」

「落ち着けよ、もうこんな時間に電車なんて走っていない。ゆっくり考えてからでもいいんじゃないのか」

「なんにも、なおす気がないじゃない。お酒も、働かないことも。口ばっかりの嘘つきよ。結婚した時からそうだったわ。婿になって、私の田舎に来るということで結婚したのに。なんで、私、こんな知らない土地で過ごさなきゃいけないの。なんで、毎日毎日私だけが働いて、家庭を支えなきゃならないの。毎日毎日、なんでなのよ……」

それは、いつもの喧嘩で、わたしは「またか」と思いながら、隣の和室に背を向けるように、布団の中で横を向いた。布団に潜って、聞こえないように寝ようとしたその時、また母さんの声が聞こえた。

「あの子さえ、サナさえできなかったら、別に結婚しなかったのよ。あんな失敗作、産まなきゃよかった」


――数秒遅れて、涙が溢れた。

外に泣き声が漏れないように、布団を被って、端をぎゅっと握った。

自分の吐く、生暖かい吐息が、布団の中に充満していった。


思い出したら、悲しくて涙がにじみ、そのことに気づかれたくなくって、寝袋をぎゅっと被った。でもきっと、ヒロ爺はわたしが泣いていることに気づいているだろう。

あの時と同じように、湿気た生暖かい空気が、寝袋の中に充満した。

ペタペタとするナイロンに包まれて、眠った。

＊

三日目が過ぎ、四日目が過ぎようとしていた。

わたしは日が出ている時間は駅前の植え込みに坐り、日が落ちると公園で眠った。茜色に染まった空を見ていると、頭が痒くなり、両手で頭をガリガリとかいた。ふと自分の指を嗅いでみると、時間が経った油の匂いがした。

銭湯に行きたいなあと思ったけれど、ヒロ爺にお金を出してもらうわけにもいかなかった。それに、銭湯に一緒に行くと、女だとバレてしまう。ヒロ爺はいい人なのに、嘘をついたままでいるのが、少しうしろめたい。

もう夕方になって気温が下がってきたし、明日もし暖かかったら、公園の水道で頭を洗って、体を拭こうと思った。


ビジネスホテルの合間をぬって、公園に帰る途中に、ふと思った。

もし誰も迎えに来なかったら、わたしはどういう風に生きるんだろう。

広島を通った時に、原爆資料館というものを見た。

そこに展示されている写真には、道路で泣いている子どもたちがいた。戦争があった時代は、きっと道端で生きてゆく人たちが、いっぱいいたのだと思った。

別に家にいても、学校には行っていなかったし、物を拾って売ったりもしていたし、変わらないといえば変わらないのかもしれない。

わたしの家はすでに、上に屋根があるということを除けば、柔らかい戦場のようなものだった。

いつ誰が、刺してくるかもわからない。

「おいヒロさんよぉ、ちょっといいかい」

と他のホームレス仲間が声をかけてきたのは、そんな時だった。

「仙台の駅前に、うろうろしてる親子連れがいるってぇんだけど、ヒロさん、なんでだったか探してたなと思ってよ」

植え込みの木陰から覗くと、三〇メートルほど先に、背の小さな母さんと、もっと小さなカホがいた。その洋服は、四日前とまったく同じもので、少し不思議な感覚を覚えた。四日間経ったと思っていたのは、わたしの思い違いで、もしかしたら三時間しか経っていないのか。

「あれ、アオのかあちゃんか」

一緒に覗いていたヒロ爺が、小さな声で聞いてきた。

わたしは、無言で頷いた。


この木陰から出て行けば、いいだけだった。

何度も考えた。次に会ったら、母さんたちが迎えに来たら、なんて言おうかって。

立ち上がって、三〇メートル歩いて、

「母さんたち、道にでも迷ってたの。ずいぶん長く待ったんだけど」

と笑いかければいい。それだけのことだった。

でも、今のわたしはそうしたくなかった。

母さんが迎えに来たら、わたしは嬉しくって、それを笑って許せるような気がしていた。

けれどそれは、小さい頭の中で考えた想像でしかない。目の前にある現実を見ると、少し違う感情が湧いて来た。


もっと、探せばいい。もっと、困ればいい。

あの女が、わたしのことを捨てた罰なんだ――。


その、自分の中の冷たい声に、驚いた。

こんなこと、思っちゃいけない。母さんにも、なにか事情があったのかもしれない。思っちゃいけない。

いじわるな気持ちを打ち消そうとしたけれど、カホと繋いでいる母さんの手を見て、その黒い気持ちは、さらに吹き出した。自分の口元が、歪んでいくのがわかった。


ただ母さんたちを凝視しているわたしを見て、ヒロ爺が不思議そうに言った。

「おまえ、行かないの」

「やっぱり、あの人、母さんじゃない」

「えっ?」

「子どもを置いて行く人なんて、母さんじゃないっ。置いて行かれない生活がしたい。ヒロ爺と一緒にいる方が、ずっといいよっ」

ヒロ爺は、目を丸くして、わたしを見た。

それから、少し困ったように笑い、わたしの肩を摑んだかと思うと、おもいっきり植え込みの陰から突き飛ばした。

わたしは、ターミナルのコンクリートの上に、ドンっと尻餅をつく形になった。

そこは、母さんやカホからも見える場所だった。

上を見上げると、半月が淡く光っていた。

目だけ動かして、母さんたちの方を見ると、物音に気づいたのか、カホがこっちを見ていた。

「サナ姉ちゃん……？」

という、小さな声が聞こえた。

わたしは、尻餅をついたまま、そこに固まっていた。植え込みの陰にはまだヒロ爺がいて、こちらを見ていた。カホたちとの距離は、まだ結構ある。今だったら、立ち上がって走り出せば、ヒロ爺と一緒に逃げられるんじゃないか――。

その時、母さんたちの方を指差して、ヒロ爺が、音を出さずに口だけをパクパクと動かした。行け。もう一度、パクパクと動かした。

行け！

声には出さなかったけど、ヒロ爺のその渾身の響きは、わたしにははっきり伝わってきた。弾かれたように、わたしは立ち上がって、母さんたちの方に駆け出して、一メートルほど手前で止まった。


母さんは、憔悴した顔をして、わたしと目を合わせずに言った。

「違う、方向の、バスに乗ったの」


うそ。

うそうそうそ。

かあさんの、うそつき。

けど、わたしは、その言葉を口にできなかった。なんでいまさら、戻って来たのよ。戻ってきてくれてありがとう。ばか、あんたなんて大っ嫌い。母さん、母さん。

そういう感情が、ぶわぁっとわたしの中に湧いては溢れた。

この女を信じられないのに、憎み切ることもできない。

そういう自分が、自分の血が、忌々しい。

「サナ、お金なかったのに、食べ物とかどうしてたの」

わたしは、「あそこ」と植え込みの陰を指差した。

そこでヒロ爺が見ているだろうことを、知っていた。ヒロ爺は、この三日間、ずっとわたしのことを気にかけてくれていた。

「あのおじさんが、食べ物をくれたし、一緒にいてくれた」


母さんは何かを思い出したように、リュックサックを土の上に置いて、中をごそごそと探し始めた。取り出したのは、お金の入ったジップロックだった。

とてもとても嫌な予感が、した。

母さんは、一万円札を三枚摑んで、わたしに差し出した。

「……なにこれ、どうするの」

「あの人に渡してきなさい。あの人がジロジロこっちを見てるの、お礼にお金かなんかが欲しいからでしょう」

少し迷惑そうな表情を浮かべて、言った。

かっとなって、母さんを蹴った。

腰より高く上げたわたしの足は、母さんの手にあった財布を吹っ飛ばして、柔らかい腹に鈍くめり込んだ。先に、財布がぼとりと落ちて、その後を追うように、お腹を抱えて、母さんがうずくまった。


許せなかった。

わたしを置いていったことよりも、ずぅっとずっと、許せなかった。

ヒロ爺は、お金が欲しくて、あそこからわたしたちを覗いてるんじゃあ、ない。

わたしがどうするのか、大丈夫なのか、心配で覗いているんだ。


わたしは嘘の名前しか喋れなかったけど、ヒロ爺は、名前を聞いてくれた。

ぶっきらぼうだったけど、わたしのことを見ていてくれた。わたしに対して、嫌なことを何にもしなかった。

この旅で、母さんとカホ以外で、一番長く時間を過ごした人間だった。お金なんて渡したら、わたしたちの間にできた、目に見えない糸のようなもの、小さな信頼のようなものが切れてしまう。

なんで母さん、こんなことがわからないんだろう。

うちだって貧乏なのに、なんでわからないんだろう。

もしも自分が誰かに親切にした時に、「あなた、お金がないから」ってお金を渡されたら、惨めじゃあないのか。

「お金が欲しかったんでしょ」って言われたら、すごく悔しいんじゃあないのか。

それは、人としてやってはいけない振る舞いなんじゃあないのか。

母さんがちゃんとヒロ爺にお礼を言って、毎日の暮らしぶりを聞いて、それでお金を渡そうというのなら、まだわかる。ヒロ爺だって、実際、お金があったらありがたいだろう。

でも、お金が欲しくて親切にしたわけじゃあないのに、自分の小さな優しい気持ちが、そういう風に思われてしまったら、わたしだったらとても悲しい。


ひとしきり憤慨してから、気づいた。

あぁ、そうか。――うちの家族、本当に貧しかったんだ。

わたしはこれまで、うちにはお金はないけど、貧しくはないと思っていた。父さんはたいして働いてないけど学があったし、母さんはつっけんどんだけどいろいろな人に優しいような気がしていた。

近所の子どもたちに「馬小屋みたいな家だな」と言われたり、わたしのことを嫌いな学校の先生に「社会不適合者の娘は社会不適合者なんですね」と言われたりすることもあった。でも、わたしは「わたしのうちの人たちは、人を見下したりしない。おまえらなんかより、ずっと綺麗なんだぞ」と思っていた。

お金がないことと、気持ちの貧しさのようなものは、比例しないんだと思っていた。だから、何を言われても、悲しくなかったし、顔をあげていることができた。そうしたプライドのようなものがあった。

今でも、その半分は間違っていないと思う。けれど、半分は間違っていた。お金がなくて生活が追い詰められていくと、何が綺麗とか汚いとか、だんだんわからなくなっていくんだ。

もっと貧しい人を、貧しいと扱いたいんだ。

人として大事なこと、忘れてはいけないことがなぎ倒されて、少しずつ手のひらから溢れていくんだ。

気づけなかった。

いつのまにか、こんなに追い込まれて、貧しくなっていたんだ。

ああ、もうやだ。もうこんなのはいやだ。


何を言ったらいいのかわからなくて、がくりとうつむいていたところに、急に男の人が来た。

警官だった。

「あんたたち、ちょっと署まで来てほしいんだがね」

と声をかけられた。


ヒロ爺に、ありがとうって、言いたかった。

ほんとうは女だってこと、ほんとうの名前を言いたかった。

ヒロ爺の青い龍の絵本を、買ってあげたかった。

でも、何もお礼を言えないまま、わたしたちは連れて行かれた。

# 9——父さんの海と、よそものの私

能登　一九九八年九月半ば

沖波、前波、矢波、波並、藤波。

嫌になるくらい、この辺はずうっと海ばかりだ。穴水《あなみず》で能登線に乗り換えて、波のつく駅名を数える。電車の窓を開けると、日本海の重い磯の香りがした。灰青色の空と海に囲まれた中で、少しでも気分が明るくなるようにと、この列車はオレンジ色に塗られたのかもしれない。

窓の外を過ぎ去っていく漁村と、オレンジ色のボックスシートの向かいに腰掛けている、サナとカホをぼうっと見つめる。サナとカホはお互いにもたれあい、死人みたいに手足をだらりと伸ばして、眠っていた。

サナは、これまで一度も「疲れた」なんて口にしないけど、きっと疲れが溜まっているのだろう。わたしも、だいぶ腰が痛い。服の上から仙骨のあたりをさすると、交番で出された、軋んだパイプ椅子が思い返された。


仙台の公園で警官に声をかけられてから、パトカーで近所の交番へと連れて行かれた。これが、補導というものなのか。二人組の警官のうち、丸っこい顔をした方が、

「ま、これに坐ってよ」

と畳んでいたパイプ椅子を広げてくれた。しばらく使われていないのだろうか、座るとギシィと音をたてて、壊れるのではないかと気になった。

「あんたたち、その大きい荷物、家出？」

と、床に置いた旅行バッグを指差しながら、四角い顔をしている方が尋ねてきた。こっちの男の方が、偉いんだろう。

「ああ、いいえ、旅行です」

「見かけない人たちが公園で叫んでる、って連絡あったの。なんか大きなバッグを持ってる、って。あんたたち、兄妹なの、友達なの？」

そう言われて横を見ると、サナの肩が同じくらいの高さにあった。サナは、父親の血が色濃く出ていて、身長の伸びも早い。私の一五〇センチもない背丈は、すでに追い抜かれているのかもしれない。顔の肌も、野宿生活で日に焼け、ごわごわとしている。

ふと、「ゆきおんなぁ。ばけものぉ」と言う、近所の子どもたちの声が蘇った。

家にいた頃、サナは色が抜けるように白くて、どこか人間らしさがなくて、そういう風に言いたくなる子どもの気持ちがわかる気がした。世間知らずさもあいまって、どこか幽霊のような、人形のような子だった。

今はずいぶんと、印象が変わった。

うっすら汚れが浮き、日に焼けた浅黒い肌。髪も肌も、洗う頻度が少ないせいか、ごわついて固そうに見える。野宿を続けているからか、疲れが溜まっているのか、表情も険しくなっていた。もう、人形のようという印象は、微塵も感じられない。

野性を宿したいきものだった。

これは、誰なんだろう。眼に映るなにもかもが、ぼんやりとしていった。私は、なんでここにいるんだろう。隣にいるのは、男なんだろうか、女なんだろうか。夢を見ているような気持ちだ。この旅の、目的はなんだったんだろうか。

くっ。

何かを手に入れたかったはずなのに、今は、私が母だということも、妻だということも、捨ててしまいたいというような思いしか湧き上がって来なかった。

何かを変えるために、何かに気づくために、旅に出たはずなのに、何もわからなくなるなんて、馬鹿みたいだ。くっくっくっ。

かみ殺すような笑みが漏れた私を見て、二人の警官の目に、不安そうな色が宿った。

みんな怖いのだ。理解できない人間のことが。母でも妻でもなんでもない女は、怖いのだ。

私は早く話を済ませたかったこともあって、Ｔシャツをわざとらしく捲り上げ、ウエストポーチから保険証を取り出し、ぽんと机の上に置いた。

「親子、神奈川県から来てます」

おやこ、という響きが、妙に空々しく聞こえた。

「ほぉ、神奈川ねぇ……。またずいぶん遠いところから」

とつぶやきながら、警官は、保険証を手にとってじっくりと眺め、それを机の上に戻した。

「で、あんたたち、なんで騒いでたんだね。ボク、なんか叫んだって言うじゃない。どうかしたの？　本当に家出じゃないのかな？」

と言って、サナに水を向けた。


自分の心臓の音が、聞こえた。

サナは、置いて行かれたと言うだろう。その時、私はどうなるのだろうか。警察に捕まるのだろうか。それとも、精神科か何かに連れて行かれるのだろうか。なんにせよ、実家や夫、義実家にも知られるのだろう。

義理の母の「奈保子さん、あなたはねぇ、いつもいつもねぇ……」と言う声が、頭に聞こえてくる。

私の作るご飯には、なにひとつ手をつけない義理の母。

義実家に挨拶に行ったときも、台所にお邪魔して私が作った惣菜は、食卓に並ぶことがなかった。

「お義母さん、お料理を出し忘れたのかしらね」

と、食事がひとしきり落ち着いた後に、台所に見に行くと、誰も手をつけないまま、ゴミ箱に捨てられていた。沈んだ気持ちの中で、義母の好きな大きなレースのテーブルクロスの白さまでもが、嫌味に感じた。どうしたらいいのか、わからなくなった。


私は、捨てることは、できないんだろうか。

家族は、何をしても、捨てられないんだろうか。

いちど作ってしまった家族は、捨てて、やり直せないんだろうか。

もう一人では背負えなくて、潰れそうで……、それでも。

それでも、私の不出来さが、やっぱり悪いんだろうか――。


サナは、警官とも私とも、目を合わせずに黙っていた。

視線の先を追ってみたが、そこにはオウム事件で指名手配されている人たちの顔が並んだ、色褪せたポスターがあるだけで、サナが何を考えているのかは、さっぱり読み取れなかった。

カホは、極度の緊張と疲れからか、その隣で、坐ったまま頭をがくんと九〇度ほど垂らし、眠りこけている。

「おい、君、聞こえてるか」

と、丸っこい顔の警官が、サナの肩を軽く叩いた。

「……ぉ」

「うん？」

「……りょこぉ」

そのあとも、サナは何を聞かれても、表情を変えずに、単語をポツポツと漏らすだけだった。

なぜ、「置いて行かれた」と言わないのかは、よくわからなかった。目の前の警官に泣きつくとか、私を責めるとかとは、まったく別のことを考えているようでもあったし、何かを諦めているようでもあった。

しびれを切らした警官は、「旅行だって言うんなら、どこに向かってるんだね、あんたたち」と私に聞いてきた。少し考えて、

「実家のある、能登です」

と答えた。

＊

うしぃつぅー。うしぃつぅー。

目的地の名前を呼ぶ音がして、慌てて、サナとカホを起こした。駅前にある農協のスーパーも、漁師町特有の家々が並ぶ通りも、少しさびれた空気も、何も変わっていない。

久しぶりに、自分一人ではなく、この駅に降りたった。

家族で最後に来たのは、二、三年前だ。しげちゃんと一緒に、家族四人で、夏のあばれ祭に合わせて実家に来ていた。仕事を失ってから、私の親兄弟と顔を合わせるのが気まずくなったのか、それも無くなってしまった。

生協の横を通り、川沿いに歩くと、商店街のある大通りに出る。その坂道を登って、四つめの角を曲がると、グラウンドの隣の高台に、小さくも大きくもない家が、ちょこんとある。ここが、私の実家だ。

玄関の引き戸を開けて中に入ると、ひんやりとした空気が流れていた。

「帰りましたぁ」

と中に声をかける。居間から母が顔を覗かせ、私の後ろにいるサナやカホを見やると、不安げだった顔を、わかるかわからないかくらい、うっすらとほころばせた。

「あんたぁ、電話がいきなりだったもんで、びっくりしたわ。明日には着くから、ゆうて。ほんと、いつもいきなりや」

「ちょっと、サナやカホとあちこち旅行中だったんや。せっかくやから、こっちにも顔出したいなぁ思うて」

「コウは畑に出とるけど、夕方には帰ってくるわいね。そうゆっとったわ」


居間に入ると、ちゃぶ台には、長方形のおかきが積まれていた。母さんは、歯が悪くてもう食べられないはずだから、昨日の電話の後に、サナとカホ用に買いに行ってくれたのかもしれない。

「喉かわいたわぁ」

と隣にある台所の冷蔵庫を開けると、一番右側に麦茶の入ったガラス瓶が置かれていた。キイロ、オレンジ、キミドリで、ガラスに描かれたレトロな花柄。もう、ずうっと変わらない。この家にあるものは、私がいた頃から、ずうっと変わっていない。

同じ、いつからあるのかわからない花柄のコップにどぼどぼっとお茶を注いで、座布団の上に腰を下ろした。ちょっと湿ったようなぺたんとした座布団も、パックで水出しした古くなった麦茶の味も、全部が変わっていない。

帰ってきたぁ。私は、帰ってきたのだ。


家の空気を何回か吸い込んで、言った。

「ちょっと、山が暗くならんうちに、とうさんのお墓に線香あげてくる」

「ハッカオイル、使うとええ。刺されて、かゆいだの痛いだの泣かれたら、うるそぅてかなわんし」

と母が小さな青い小瓶を渡した。開けてみると、ハッカオイルをアルコールで薄めたであろう液体が、強烈な匂いをはなっていた。

「あんたたち、ぬっときなさい。目には入らんようにせんとあかんよ。あと、傷にはしみると思うわ」

と瓶をサナに渡すと、カホと塗りあいっこを始めた。お互いに皮膚をさすり合いながら、

「すぅすぅして涼しいねぇ」

とはしゃぐ孫の姿を、母は、左手で顎を撫でながら見ていた。

無表情だけど、私にはわかる。あれは、母が嬉しい時にやる仕草だ。本人は「うるそぅて、子どもは嫌いや。騒がしいし、みんな出て行ってくれてせいせいするわい」と言うし、にこにこもしないけれど、実は、いろいろと気を配ってくれている。そのありようは、猫撫で声で「まぁまぁ、サナちゃんカホちゃん」と言う義母とは、なんだか対照的だ。猫撫で声を使うような人と暮らしたことがなかったから、私はいまだにそういう人に慣れることができないのかもしれない。

実家にある不思議な重力を振り切るように立ち上がり、もう一度坂を下った。角のスーパーに寄って、隅っこにある切り花コーナーを見た。黄色と白と紫の菊がぎゅっとひとまとめにされている仏花が、三八〇円で売っている。一束つかんで、ちょっと考えて、もう一束つかんだ。

サナとカホにひとつずつ花束を持たせて、父の墓がある山のふもとまで歩いた。アスファルトの道が終わると、山道を歩いていく。

父の墓は、山の中腹の、墓石が立ち並んでいる場所にある。夕方になると、日が落ちてきて暗くなってしまうし、地元の人しかここには来ない。墓地とは呼び難いほど山深く、山や木々の中に、墓石が埋もれているような感じだ。

私はここを登りなれているけれど、サナもカホも、少し息を切らしていた。お墓の前に着いて立ち止まると、「やっとついたぁ……」とカホが声を漏らした。

父さんの墓は、しばらく誰も来ていないのだろう、草に埋まっていた。足元だけでなく、何だかわからない蔓のようなものが上からもぶら下がっていて、そうしてできた緑の額の中に、浜口と書かれた灰色の墓石があった。

四十数年前から、幾度も見ている墓。昔は、母さんに手を引かれてやって来たこの墓に、今は娘を連れてやって来ている。

「なほこですよ。はまぐち、なほこです」

娘たちにも、誰にも聞こえないように、小さく呟いた。浜口奈保子。今は結婚して無くなってしまった、私の本当の名前。

昔、このお墓に来た日、夜ご飯には干物が出てくることが多かった。

港の角っこに干物屋さんがあって、山から降りたあとに港に寄るのは遠回りなのだけど、母はなんでかぐるぅっと遠回りをして、干物屋さんに寄って家に帰るのだ。いまになってみると、海と山の隙間に人が少ぅしだけ住処を借りているような町で、そんなに長い距離ではないんだけれど、あの頃は遠いなぁ遠いなぁって思っていた。

山から坂を下りていって、その先の階段を二〇〇段くらい降りて行くと、目の前に海が開ける。干物や魚の血や潮の匂いが混じり合って、鼻をくすぐる。漁師町の匂いだ。

母さんが干物を吟味しているのを横で見ながら、この子たち、みんな死んどるんやなぁとふと思った。ここにいるのは、墓場にも埋めてもらえない、家族とも一緒のお骨になれない、魚たち。

「ねぇ……、父さんって死んだあと、どこいったん?」

「あンたが見とる、その海」

そう言って、母はすぐ後ろの港を指さした。秋めいてきて日ぃ落ちるんも早うなって、海の色も濃さを増している。暗さを増した海が、どこまでも続いていた。満潮に近かったのか、いつもより高い場所まで来ている海は、このままざばりと溢れてきて、母さんやあたしや、干物屋さんやみんなを、簡単に飲み込んでしまいそうに思えた。

「父さん、海の人だから。海に帰りたいやろぅから。お骨のほとんどはお墓に入れたけど、ひとつかみ、海に撒いたの。あンたは小さかったから、覚えとらんかもしれんわいねぇ」

眼前で揺れている小さな船。海か山しか遊ぶとこがないから、海が冷えて入れなくなるまでは、近所の兄ちゃん姉ちゃんたちと、毎日泳いでいるこの海。

そうかぁ……、そうだったんだ。とうさんにはもう会えないけど、あたしはとうさんの灰を流した海で、毎日泳ぐ。きっとあたしが死んだら、あたしの灰も、この海に流してもらう。ここの人たちは、ずうっとそうして生きてきたんだ。この海、この空、この土地と、あたしは一体だった。それが、ここに生きるということなんだ……。


冷たい風が吹いた。

「母さん、はよ帰ろうよ、お腹すいたわ」

ともんぺの裾を引っ張った。籠を背負った母さんが、あたしの手を引いて、海を背にして、階段を登り始めた。

数段登った時、母さんの手を離して、一度だけ後ろを振り返った。

あたしは、父さんの灰を流した海で、泳ぐの――。

ずっと、ずぅっとよ――。

この重たげな海、この階段、漁村に小さな家が立ち並び、遠くに灯台が見える風景。皮膚にまとわりつく潮と魚の匂い。ここにある全てのものたちと、約束を交わした。あたしは、大人になっても忘れない。この海を離れない。父さんたちとも離れない。一生。約束よ。

サナとカホと一緒に家に帰ると、玄関に長靴があって、兄さんが帰って来たことに気づいた。農作業のせいか年齢よりも皺が刻まれているように見える兄さんは、サナとカホを見ると、歯を出して笑った。

「ようよう、サナちゃんカホちゃん、よう来たなぁ。男の子みたいに髪も短こうなって、日にも焼けて健康そうやないか。どっか遠くに行って来たんやて」

「えっとね、九州とか四国とか、あと東北も行った」

「ほうけ。おじちゃん、この町から出たことないわ。夏の大冒険やなぁ」

「あのね、この町、田舎じゃなかった。これまで、とんでもない田舎だって思ってたけど、電車に乗っていろんなとこ行ったら、駅前にスーパーなんて無いところ、いーっぱいあったよ」

「ははは、ほーけ。なら明日一緒にスーパー行かんかいね」

「子どもがいると、うちん中が明るくなって、ええのぉ」

というコウ兄さんを、母さんは少し困ったような、不憫そうな笑顔で見つめていた。

その日は、母が作ってくれていたご飯を食べて、私が昔使っていた二階の奥の部屋で泥のように眠った。

起きたら、すでに日が高かった。

いつも家では、子どもたちの世話や仕事があるから寝坊したことなんてなかったのに、と思いながら、生真面目な自分を少し笑った。サナとカホは、隣にしかれた一枚の布団で、絡み合うようにして眠っていた。


子どもたちを起こして朝ごはんを食べていると、

「今日は子どもたちはわしが見るけ。ほやさけ、奈保子はゆっくりせぇや」

と兄さんが声をかけてくれた。

「いっつも子どもと一緒で大変なんやろ。今日はわしが遊びに連れてったるわ。畑とうちの山、見せたる。ほんまはなぁ、キリコ祭の時に来てけりゃあよかったんやけど。今ん時期は、山か海くらいや。奈保子は、昼寝でもなんでもゆっくりするとええ」

「兄さん、今日は畑はええの？」

「もう夏野菜の出荷は終わったからの、一日くらい休んだってかまへんわ。うちの野菜はそんなに過保護とちゃう。水やら肥料やら休んだって、土もええし勝手に育ちよる」

「そぅやな、代々受け継いどる畑やもんなあ。んじゃ兄さんに甘えよか」

兄さんとサナとカホを送り出して、私はまた布団に横になった。

納戸にあった虫取り網を持って、サナとカホが、久しぶりに子どものようにはしゃいでいた。

兄さんみたいな人と一緒におれる子どもは、幸せやろうなぁと思う。あんなに子ども好きなのに、兄さんは結婚もしていない。できなかった、という方が近いかもしれない。

一番上の兄さんは、母さんが嫁いできた時には、すでに大阪へ出ていた。本当は、いずれ戻ってきて家を継ぐつもりがあったのかもしれないけれど、五歳しか歳の違わない新しい母さんがいる家へは、戻りづらかったのだろう。

一番上の兄さんだけでなく、母と血の繋がっていないはんぶん兄さん姉さんたちは、たまに顔を見せることはあっても、同居の話は出なかった。

「……私のせいもあるなぁ」

心の中で呟いたつもりが、小さな声を出していた。

本当は、結婚する時にこの家へ戻って来る予定だった。大阪で専門学校も出て、東京で経験も積んで、もう都会は充分で、田舎に帰って母さんに親孝行しなくちゃと思っていた。

でも、サナがお腹にできてしまったのだ。

婿入りすると最初は約束してくれていたしげちゃんも、

「あんな田舎に、息子を行かせるわけにはいかないわ」

という義母のことばを聞き、直前で掌を返した。

私は、帰りたかった場所に帰れず、そのくせお腹に子どもが出来てどこに行けるわけでもなく、宙ぶらりんになってしまった。なんで、こうなったのか、今もわからない。

この町を出さえしなければ、私は今頃幸せだったのだろうか。

布団にしがみつくように倒れこみ、うつ伏せで眠った。起きると外は暗くなっていて、頭がぼんやりとしたまま、そのまま一晩中眠った。

翌日、兄さんが、

「今日は岬に連れてってやろかと思うとる。銛《もり》で魚をとったこともないっちゅうから、ちょっと岩場まで連れてったるわ」

と声をかけてくれた。

危ないところは連れていかんでね、と言いかけたけど、なんだか水を差すようでやめた。何も言わなくても、兄さんは、もしサナやカホが海に落ちても飛び込んで助けてくれる。私は、兄さんを見送って、また眠った。

からだが疲れているのかこころが疲れているのかわからないけれど、寝ても寝ても眠かった。


起きたら一四時を回っていた。

一階に降りると、母はちゃぶ台の前に坐って、ＴＶでバラエティ番組を見ていた。私は冷蔵庫をあけて麦茶をコップに注ぎ、なんとなく、正面で向かい合うのを避けて、母の九〇度左に静かに坐った。


汗をかいたコップでお茶を飲んでいると、母が口を開いた。

「あんた、今回はなんしたん。しげはるさんも来ないし、子どもたちだけで……。なんかあったんか」

聞かれるとは思っていたけれど、いざそうなると、何をどう説明したらいいのかよくわからない。何かを言わなければと思ったけれど、妙に唇が乾いていて、声がかすれた。

「……ぉしてしまうんよ」

「ぁん？」

「このままやと、私、娘を殺してしまうんよ」

口にした途端に、涙が抑えきれなかった。

「何が悪いのかよぅわからんのやけど、もうしげはるさんとはうまく行ってへん。よう働きもせんし、お金も全然なくて。私が働いてるけど、自分だけが頑張っているような気がして、ついイライラするんや。悪いってわかってるんやけど、つい子どもたちに、手を上げてしまう。もう、どうしたらいいのかわからへん」

ずるずるぅと言葉が出てきた。

ずっと、誰かに言いたくて、誰に言ったらいいかもわからなくて、自分の中にあったものが堰を切るように、涙と一緒に溢れ出て来た。一呼吸置いてから、うつむいて言った。

「子どもとここへ戻ってくることはできへんやろか……」

「……あんたぁ、自分勝手やな」

母がどんな表情で言ってるのかを目にするのが怖くて、うつむいていた顔を、あげられなかった。

「ここ一、二年ちょくちょく急にくるから、喧嘩でもしとるんか、なんやうまくいってないのはわかっとったよ。でもそれはあんたが決めたことやろぅ。私やコウは、あんな、とりすました人たちとの結婚やめた方がええ、って何度も言ったわいね。婿入りにくるという約束を土壇場でご破算にしたのも、あちらさんや。義理を知らん奴らや。それでも、そういう家に嫁ぐって決めたのはあんたやろぅ」

「それは、そうやけど。でもな、私だって帰ってきたかった」

「……あんなぁ、もうなぁ、いまさらなんよ。あんたも知っとるけ、コウはあんたが婿を連れてこんかったから、この家に残って、私の世話をしとる。こんな婆ぁの世話して、嫁ももらわんで、子どもも作らんで。あんたが自由に街に出た身代わりに、コウはもう私から離れられれん。ここで一緒に老いぼれて、死んでいくんよ」


「……ここの家に母さんや兄さんと住むのは、許してもらえへんのんか」

顔を上げて、聞いた。

母は、しっかりとこちらを向いていた。目があった。

「……あかん。子どもんためにも、あかん。午前中に買いもんに出た時、近所の人に話しかけられたわ。『派手な服きた見かけん人がいてねえ、子どもの手ェ引いて大きい荷物持ってて、何やのと思うてたら浜口さんのとこに入りよって。末の娘さんやて気づいたん。長年みぃひんうちに、えろう派手になったねぇ』って」

一呼吸置いて、つづけた。

「色のついた洋服着ているくらいで、派手やの何やの噂が立つところや。あんたはそれが嫌で、ここを出てったんやろぅ。帰ってきても、あんたも子どもも、どんな噂を流されるかわからんけ」

遠くをにらみ見るような目で言った。

「うちもな、後妻としてここに入ってきて、父さんとは親子ほど年が離れてて、あることないこと、いっぱい言われた。えろう辛かったわ。出て行ってやりたい、帰りたい、何度も思った。でもなぁ、親の顔に泥を塗ることはできんかった。女が家を守るってぇのは、置かれた場所で頑張るしかない、ゆうことや。甘えてはいけん」

何も、言えない。言い返せない。母さんがしてきた苦労を知っていたからこそ。

「……どもならん。あんな、一回、ここを出たもんは、ここには入れんのや。あんたは、よそもんになったんや。一回もこの町を出たことのないもんとは、あんたはもう違う。そういうのがこの町や。あんたとは、もう同じ墓にも入ることはできん。一度離れてしまうと、土地との縁は、戻らへんよのぉ……」

悲しそうな声だった。

本当は、私なんかより、誰よりも母自身が、こうなったことを悲しんでいたのかもしれない。末娘の私が、ほんとうに血の繋がっているたったひとりの娘の私が、ここからいなくなってしまったことを。母はゆっくりと立ち上がって、よろめきながら、外へと出ていった。気持ちを、落ち着けたいのかもしれない。

その小さな背中が、また一段と私を悲しくさせた。なんで、戻ってこれないんだろう。なんで、離れてしまったんだろう。かんにんいぇ、というか細い声が、風に乗って聞こえてきた気がした。

夜、みんなが寝静まってから、暑さなのか寝苦しくなって起きた。

風にあたろうと思って、そうっと一階へと階段を降りて、外へ出た。生暖かい風が、体に吹き付けた。その日は夏の蒸し暑さが残る夜で、海からは生暖かい風が吹いた。田舎は寝るのが早くって、一〇時にはどこの家の灯も暗くなる。

私しかいない、真っ暗な、眠りの底に沈んだような町。

ふと思い立って、海の方へ歩き、港へと続く階段を、たんたんと降りて行った。階段を降りきってしまう少し手前の、海が見える位置に、腰を下ろした。膝を抱きしめるようにしながら、海を見た。どうしても、昼間の、母さんの言葉を考えてしまう。

本当は、帰ってきたい、帰ってきたいとずっと思っていた。

大阪に出て、東京に出て、それでもずうっと、自分はここに帰ってくるんだと思っていた。ここで子どもを育てて、そうやって生きていきたかった。こういう家庭をつくりたい、こういう母親になりたいという、理想のようなものがあった。

何かを掛け違えて、それが叶わなくなってしまった。大切にしたかったもの全部、なにひとつ大切にできなかった。そういう自分が、ふがいなくて嫌で仕方なかった。

ここに帰ってくることを諦めきれずに、いつもいつも東京でも神奈川でも、海まで歩ける距離のところにばかり住んで、毎日のようにこの町のことを思い出した。

でも、罰があたった。

この海を離れて、自分たちの山や畑とも離れて、父さんや母さんをここに残していった罰。いつのまにか、私とここの縁は、切れてしまっていたのだ。もう、帰る場所もない。

気づいたら私は涙を流していて、しょっぱい味がした。私の中にも、海が棲んでいる。海。父さんの海。四〇歳を過ぎて、自分はまだ非力な子どものままだ。

ぉとうさぁん。

絞り出すように、小さく呟いた。

一回呟いてしまうと、息急き切ったように、なんども、口から溢れてきた。

おとぅさん、おとぅさん……。子どもの頃、私がそう呼べるようになる前に、逝ってしまった父。ちゃんとした家族というものを、教えてくれなかった父。

もし教えてくれていたら、今頃何かが変わっていたのだろうか。おとぅさん、おとぅさん、ぉとぅさぁん……。

ずっとここを離れないって約束したのに、裏切ってごめんなさい……。

ゆっくり顔をあげた私は、一つのことを胸に決めていた。

でも、ここではダメだ。母さんも、そして兄さんも、近所に顔向けできなくなる。何よりも親や兄に、無残な姿を見せたくない。誰にも知られずに、私だとも誰ともわからない状態で。

決めてしまうと、肩や腰にぎゅっと入れていた力が、急に解けていくように感じた。なぜ、これまで決められなかったんだろうかと不思議なくらい、だ。

ぼやけて見える凪いだ海は、その決意を柔らかく応援してくれるかのように見えた。

# 10——母さんの涙と、泣き砂の声

輪島　一九九八年九月十八、十九日

朝顔の丸くて大きな花びらがうな垂れ、夏が終わりを告げている。プラスチックの鉢の上で、行き場をなくしたツルの先が円形の支柱の上でぐるぐると何重にも絡み合っていた。上へ上へと伸びてゆきたかったはずなのに、お互いに縛り付けあって、どこにも行けない。

わたしは、家々の玄関脇にポツポツと置かれている朝顔たちを横目で見ながら、駅までの坂道を下っていく。

少し先を、コウおじさんとカホが手を繋ぎ、その横を母さんが歩いていた。後ろから見ると、コウおじさんと母さんの歩き方や、猫背の背中はとてもよく似ている。通りすがりの人が三人を見たら、仲のよい家族だと思うのだろうか。

なぜだかわからないが、その光景を見ていると、胃のあたりが重ぅく苦しくなった。みんなそれぞれ、欲しいものが、欲しいようには、手に入らない。その重さを打ち消すように、わたしは早足で信号を渡り、三人を追いかけた。

駅の小さなホームに着くと、わたしたち以外にも、数人が列車を待っていた。数歳上だろう、セーラー服のお姉さんもいる。ふくらはぎにぴったりと張り付いた、たるみのない真っ白な靴下から、ちゃんとした生活のようなものが透けて光り、宙ぶらりんなわたしたちの、長ぁい夏休みを照らした。

でも、この旅ももう終わる。今度こそ、家に帰るのだ。

「また遊びに来るとええぞぉ。なんもねぇとこだけど、都会より楽しいやろ。今度は、素潜り教えたるわぃ。元気にしとるんやぞ」

家から駅までの道のりの間、かわりに背負ってくれていたリュックを私とカホに渡して、コウおじさんはニカッと笑った。タバコのヤニで黄色くくすんだ歯が、並んで見えた。その飾らなさがいいなあと思った。

昔、鎌倉のお祖母ちゃんの家に遊びに行ったとき、

「なんで、あんな田舎もんの嫁をもらったのかしらねぇ。学もお金もない人たちでしょう……。うちの家とは釣り合わないでしょうにねぇ」

と、伯母さんたちと台所でひそひそ話しているのを聞いたことがある。

応接間の机の上にあった洋菓子をカホと食べてもいいか、台所にいるおばあちゃんに聞こうとしたわたしは、入りづらい雰囲気に、ドアの前で足を止めた。

「サナちゃんが利口な子に生まれたのは、よかったけれど……。奈保子さんにちゃんと躾はできるのかしら。田舎くさい癖がつかなきゃいいけど、それが心配だわぁ」

という会話が続いて、誰のことを話していたのか、ようやくわかった。田舎もんっていうのは、母さんのことだった。

その時から、わたしはお祖母ちゃんの顔を、まっすぐ見たくなくなった。意地悪な気持ちもあって、そのあと、お祖母ちゃんが台所で切ってきたメロンも、好物なのだけれど、口にしなかった。


日焼けした肌と黄色い歯を、もう一度まじまじと見た。きっと、コウおじさんも、おばあちゃんに言わせたら田舎もんなんだろうなぁ。それでも、高校を出てから三〇年ずうっと畑をやってきたというおじさんは、裏表のない人に見えたし、嫌いじゃなかった。安心できるというか、コウおじさんといるときは、顔をあまり読まなくても済む。

人間を嫌いじゃないと思うなんて、自分にしては珍しい。考えてみると、おじさんは家で飼っている動物たちに近いのだ。美味しい食べ物があると満足そうで、疲れたらすぐ寝てしまうし、なにかを取り繕う表情もしないし、嘘もつかない。表情や言っていることの裏を読まなくていいし、いろいろ気をまわして配慮しなくてもいい。

田舎もんなのかもしれないし、学もないのかもしれない。だけど、なんだかその裏表のなさは、とても貴重なもののように思えた。

オレンジ色の車両に白いラインが引かれた二両しかない電車に乗り込んで、ボックスシートの窓側の席を陣取る。列車のドアが閉まるのと、わたしがくすんだガラス窓を全開にして上半身を乗り出すのと、ほとんど同時だった。

私が出した手を両手でぎゅっと包むように握って、コウおじさんが、警笛の音に負けないよう、声をはりあげた。

「サナちゃん、元気にしとるんやぞぉ。人間、生きてりゃあええんじゃ」

おじさんの手は、泥が爪に入って、真っ黒で、ゴツゴツしていた。背の小さいコウおじさんの手は、大きかった。大人の男の人の手。ちゃんと生きてきた人の手。

「サナ、元気だもん。コウおじさんこそ、次に来るまで元気でいてね」

だもん、だなんて。言ってしまって、自分が少し恥ずかしくなった。だもん、なんて、子どもっぽい。でも、そういうふうに、わたしをただの一〇歳の子どもに戻してくれるような、不思議な力や尊さのようなものが、コウおじさんの手にはあったのだ。

その手をぎゅうっと強く握り返した。

カホも真似して握手して、

「コウおじちゃん、またねぇ。また遊んでねぇ」

と声を張りあげていた。そうしている間に、列車はゆっくりと動き始め、握手していたカホの手がほどけた。電車は、揺れながら走るスピードをあげてゆき、ホームの上で両手をばんざいして、大きく手を振るコウおじさんは、どんどん小さくなった。それに負けじと、いっぱい手を振った。


母さん、なんで顔を出さないんだろう。お別れなのに。

ふと、わたしとカホしか懸命に手を振っていないことに気づき、外へと乗り出していた頭を引っ込め、母さんが坐っているはずの、斜め向かいのボックスシートの席を、ちらりと見やった。

顔を覆いもせずに、泣いている女の人がいた。

わたしの母さんだった。

頰から顎に、水滴が流れては、襟ぐりの伸びきった褪せた水色のTシャツにぽとぽと垂れて、濃い青色の染みをつくっていた。母さんは、それを拭うでもなく、ただ流れるままにしていた。

わたしは、ぱっと目をそらして、窓の外を見ているふりをした。

これは、見てはいけないもの、だ。

きっとほかの乗客から見たら、それは兄さんとの別れや、故郷との別れを悲しむ涙に見えるだろう。

けれど、なにかが違うような気がした。

そもそもわたしは、母さんが泣く姿を一度も見たことがない。

家で父さんと喧嘩しているときも、怒鳴りあうことはあっても、母さんは泣くことはない。この町へも昔は毎年来ていたし、実家に帰るのもここを発つのも何回目かになるが、泣いていたような記憶は、わたしにはない。仙台で蹴りとばした時ですら、涙を見せたりしなかった。

そもそも大人ってのは泣かないいきものなのじゃないか。

母さんを見て、そんなふうにすら思っていた。

なんで、母さんは泣いているのだろう。コウおじさんがわたしを一〇歳のこどもに戻してしまったみたいに、母さんにも、こわばっていた仮面をはずす魔法のようなものを、気づかないうちにかけたのだろうか。

じゃあ、仮面の下で、母さんは、ほんとうは何を思っているのだろう――。

紙ですうっと指先を切ってしまったときの見えない傷を、触っているみたいだった。痛いのに、血も出ないし傷がどこにあるかわからなくて、摑みどころがない。


もやもやと考えているうちに、カホも母さんが泣いていることに気づいた。

「おかぁさぁん、悲しいの？　泣いてるの？　だいじょぶだよ。コウおじちゃん、また会えるよ。来年また遊びに来れるでしょ」

母さんの顔を覗き込むように、首をかしげて、そう言った。

こいつ、ほんと素直でいいなぁ。自分の妹に感心した。こころから、カホの持つ、単純さや素直さのようなものを羨ましく思った。

「頭の回らない子だねぇ」とよく言われているけれど、わたしのように人の顔色を見てはあれこれ考えてしまう人間より、結果的にはよっぽど利口なのかもしれない。

そういえば、顔だちもコウおじさんにどことなく似ている。人の裏側にある感情を、疑うことを知らない目だ。

けれどカホの言葉は、母さんにはなんにも聞こえていないようだった。カホの方に顔を向けることもせず、何の返事もせずに、黙って前を向いて、涙を流し続けていた。からだはここにあっても、母さんのこころは、わたしたちなんかの手の届かない、見えないどこか遠くに行ってしまっているのかもしれない。

そう思うと、怖くて、不安な気持ちが自分の中を駆け抜けていった。それは、駅前に置いていかれた時とはまた違う、こころもとなさだった。

仙台に置いていかれた時は、腹は立ったけど、もう会えないとは思わなかった。この世にいたら、この世界にいたら、どこに置いて行かれたとしても、いつか迎えに来てくれる可能性がある。母さんの居場所を調べて、探しに行くことだってできるかもしれない。

だけど――。

だけど、母さんがこの世ではない、見えないどこか遠くに行ってしまったら、わたしたちはどう探したらいいのだろう――。

濃い灰青色をした海や、ふるびた漁村の風景が、列車のガラス越しに迫っては、わたしの目の前を飛び、消えていった。うちの近くで見るような西湘の海とは違って、日本海の海はグレーが混じったような色をしている。その海辺に連なる、崩れ落ちそうな小さな家々もまたくすんだ色をしていて、うら寂しさが心を吹き抜けていった。

あたしは、父さんの灰を流した海で、泳ぐの——。

ずっと、ずぅっとよ——。


ふと、女の人の声が耳に響いた。

母さんを、もっと幼く、舌ったらずにしたような声。慌てて母さんのほうを見たけれど、母さんは相変わらずぼうっとした表情のまま、心ここにあらずの状態で、とても喋りそうにはなかった。カホの声でもなかった。

じゃあ、いまわたしが聞いたのは、なんなの——。


わたしは、ちょっとおかしくなってきているのかもしれない。

なんでも不安げに考えすぎているのかもしれない。すごく疲れたり、頭や心がおかしくなると、実際には誰も喋っていなくても声が聞こえることがあると、聞いたことがある。

幻聴、とかいうもの。

いつもいつも、人の顔色や、本当は何を思っているかを窺ってばかりいたから、しまいには、誰の声でもないものを、聴くようになってしまったのだろうか。

何も聞こえないように、耳の穴の中に、指をぎゅうっと痛いくらい詰めた。

さっきまで聞こえていた、風を切るような音がなくなって、ごぉぉぉっという小さな地響きのような、遠くで水が流れるような音がした。

血液がからだを巡る音のようにも聞こえたけれど、そんなものが聞こえたりするのだろうか。けれど、わたしはこの音をどこかで、聞いたような気がする。

海、だ。

和歌山の白浜海岸で野宿したとき、誰もいない夜の海にあおむけで浮かんでいた時にも、同じような音を聞いた。ぬるぅい水がどこまでも黒く広がっていて、枯れ葉のようにそこに漂いながら、頭上に広がる星々を見ていた。あの時も、水の中でごぉぉぉっという地響きが、聞こえていた。あの音。

さっきの舌っ足らずな声が、海の音と一緒に、また頭の中でぽわぁんと響いた。

穴水で列車を乗り換え、金沢に着いたのは夕方だった。母さんは相変わらずぼうっとし

たままで、カホは疲れてぐったりとしていた。なかば二人を引きずるようにしながら駅の窓口に並び、

「神奈川の小田原まで、一番安く帰れる方法が知りたいんですけど」

と受付のお姉さんに尋ねた。青春18きっぷはもう使えないので、少しでも安く帰りたい。

「明日の朝に出る、東京行きの昼便の高速バスに乗るのがいちばん安いですよ。列車を乗り継ぐと、乗り換えが八回くらいありますし、おひとり二〇〇〇円ほど高いので」

お姉さんは少し調べてから、そう教えてくれた。高速バスの乗り場を説明し、

「気を付けて、帰ってくださいね」

と最後に声をかけてくれた。わたしは笑顔でお礼を言った。

そう、やっと帰れるのだ。

近江町市場で食べた安いアラ汁も、駅の軒下に敷いた寝袋と段ボールも、寝袋から上を見たときに見える都会の淡ぁい星も、これでもう最後なのかと思うと、なんだか特別なもののように感じた。

「明日さぁ、家で寝るの、体がびっくりしそうだよね」

「もう二か月も経つもんねぇ。でもこれで段ボールしくのも最後だよ」

「明後日からの学校、ついていけるかなぁ。宿題やってないいなぁ」

とカホと喋りながら、眠った。終わることへの安堵に、吸い込まれて。

翌朝、バスの切符を買おうとしたときに、あまり喋っていなかった母さんが、うつむき加減で口を開いた。

「もう一回、海が見たいの。日本海の、うみ」

海なんて、もう十分見たじゃない。第一、わたしたちの小田原の家からだって、海なんて歩いて五分なんだよ。

そう思ったけれど、口には出さなかった。ずっとぼうっとして様子がおかしかった母さんが、ようやく喋った希望だった。一度あちらに戻ってしまうと、ここまでは時間もお金もかかるし、なかなか来られないのかもしれない。最後に海が見たいなら、それを叶えてあげたい。

たまたま今日が土曜日だったこともあり、明日帰っても月曜からの登校には間に合うということで、カホも納得した。

わたしたちは、門前行きのバスへと乗り込み、日本海に沿う形で、もう一度北上していった。羽咋《はくい》のはずれでバスを降り、海岸沿いをしばらく歩く。海岸といっても、湘南のような砂浜が広がっているわけではなく、切り立った断崖が連なっている。手すりから下をのぞくと、岩場に波がぶつかって、白くはじけていた。

その白い飛沫《しぶき》を見たときに、急に不安になって、後ろを振り返った。母さんは、断崖から少し離れて、細めた目で遠くを見つめていた。何かを見ているのか、何も見ていないのか、よくわからない。

そのまま、羽咋から輪島へと、海を横目に見ながら、北へ北へと歩いていった。太陽の位置が変わり、わたしたちの影の位置も変わった。母さんはなにも喋らなかった。きっと、考えたいことやなにか思うところが、母さんなりにあるのだろう。声をかけずに、ただ歩いた。

一〇キロくらい歩いたところで、少し高台にあるホテルを見つけた。結婚披露宴ができそうなほどの大きなホテルが、不思議な形をした展望台のようなものを従えて、人気の少なそうな場所に建っていた。

「今日は、ここに泊まろうかしら。なんだか疲れたものね」

母さんはそう言って、ホテルへと歩みを進めた。

今日の空き部屋があるかをフロントで聞くと、客室係のスーツ姿の初老の男性が、

「大丈夫ですよ。お母さんと、男の子二人ですね」

「ああ……。いえ、娘なんです」

と、母さんは返事をした。

ホテルのスタッフの人たちには聞こえないだろうことを確認して、小さな声で尋ねた。

「ねえ、男ってことにしなくてよかったの？　ずっとそうしてたじゃない」

「……もぅ、いいのよ。もぅ、いいの」

何が、もう、いいんだろう。

そもそも、お金を使わないように、使わないようにと、ずうっと気をつけていた母さんが、急にホテルに泊まる時点でおかしい。ホテルとしては普通のお値段なのかもしれないけど、一人一万円もする宿なんて、わたしは一〇年間生きてきて、泊まったことがなかった。

通された和室に、仰向けに寝転んで、聞いた。

「こんなとこ、おかね、大丈夫なの」

「……いいのよ。あんたたちも嬉しいでしょう」

もちろん、室内で寝れるのは嬉しい。コンビニで日持ちしそうで腹持ちのいいものを探さなくていいし、町の安い食堂を探さなくてもいい。外で水浴びしなくてもいい。近くに誰が寝ているかを確認したり、安全に寝れそうな場所や、寒いとき用の段ボールを探さなくていい。当たり前のことかもしれないけれど、夢みたいに感じる。

カホも、はじめて見るホテルに、「豪華だねぇ、綺麗だねぇ」と嬉しそうにして、畳の上でゴロゴロしている。

その姿を見ていると、少し気が抜けて、頭が重く、ねむたぁくなってきた。今日は結構歩いたし、晴れていたのでじりじりとした日光に、だいぶ体力を削られた。

足元に置いてあった座布団を、寝転んだまま右足で摑んでずりずりと引き寄せ、右手にパスして、頭の下に敷いた。

それにしても、ずっと野宿してお金を浮かせていたのに、いきなりこんなところに泊まるなんて。何より、「嬉しいでしょう」という母さんは、何一つ浮いた顔をしていないのが、不思議だった。

うつらうつらとしながら、斜め下から母さんの顔を見上げた。奥二重のまぶたの奥にある瞳は、相変わらずどこか虚ろだ。こうして見てみると、母さんはひとまわり瘦せたのかもしれない。

骨のありかが浮き出たような顔と、少ししぼんだように見える、くすんだ肌。下から見ないとわからない場所にある、顎の黒子。目の周りは落ちくぼみ、顔に影を落としていた。

ああ、ねむぅい……。

わたしの手足が、畳の中に沈んで吸い込まれていった。焦点の合わなくなってきた目には、まぶたが閉じたときに見えるぼんやぁりした赤ともオレンジともつかないちらちらとした光のようなものと、夕日に照らされている斜め上の母さんの顔が、交互に移った。

どろっ。

ぼんやりした視界の中で、母さんの顔が落ちくぼんで、顎から黒い糸が流れ出して、どろり、と溶けた。

ぞわっとした感覚が襲ってきた。腐りかけている生き物を間近で見たときみたいな、毛穴がなにかを拒否するような感覚。

死ぬ、のかな。

かぁさん、死ぬつもりかな。

うずらのシィの体が腐っていくときも、ぞわりとした、似たような感覚を覚えた。シィは、わたしが六歳の時に祭りで買ったうずらだ。夜店でピンク色の小さなヒヨコとして売られていて、酷い有様だったから、可哀想で一匹連れ帰った。

二年ほど生きた後、夏に死んでしまった。そのとき、シィの体の綺麗さをとどめておきたくて、土に埋められなくて、おもちゃや大事なものが入っているタンスに、一緒にしまった。

シィはその中で腐って、死の匂いを漂わせはじめた。頭で考えるよりも先に、毛穴や肌は、死の匂いというものを、察知するのかもしれない。

シィは、わたしが敷いた白いレースのハンカチの上で、体がひとまわり縮んでいった。羽毛は生きていた時のようなつやを失ってくすんだ。腐臭に耐えながらそうっと胴体を触ると、腹がべこりとつぶれて、体のなかで別の生き物がうねっているようだった。

目を近づけてよく見ると、蛆がうごめいていた。わたしの大事なシィは、蛆の母屋になっていた。

その時と似た、総毛だつような感覚が、全身を包んでいた。

〝灰を、ながした海で、泳ぐの――〟

その声が、海の匂いとともに、またぽわぁんと響いてきた。

ここはなぜか、海の匂いがとてもとても濃い。

起き上がらなきゃ、と思ったけど、畳に吸い込まれたわたしの手も足も持ち上がらなかった。か、ぁ、さぁ……、ん。

かすれるような声しか出ないまま、わたしもそこでドロドロと溶けて、なくなっていった。


次に目を開けたとき、目に入ったのは、天井の木目だった。

夕日は沈み、蛍光灯のついていない和室は、暗い青色に光っていた。目を横に動かしてまわりを見渡すと、部屋から母さんはいなくなっていた。

がばりと跳ね起きて、部屋の隅で横向きになって寝ているカホを揺り動かした。

「カホ、起きてよ、母さんどこよ」

「なによぉ……、母さんなら少し前に部屋出てったよぅ。うとうとしてたからよく覚えてないけど」と、不機嫌そうな返事が返ってきた。

部屋の入口の蛍光灯をつけると、いきなりの白い光に目がくらんだ。まぶたをぱちぱちとさせて慣らし、ぐるりと部屋を見渡す。やっぱり母さんはいなくって、大きな黒いトートバッグやウエストポーチだけが、部屋の隅にきちんと並んでいた。


悪いなぁと思いつつ、トートバッグとウエストポーチのジッパーを開けた。

トートバッグの内ポケットに、封筒くらいの大きさのものを布でつつんで、輪ゴムがかけられたものが入っていた。大事な手紙かなんかかなぁと広げてみたら、お札の束がぽろりと飛び出した。白いてぬぐいに、万札がざっと三〇枚以上、耳をそろえて包まれていた。

母さんは、持ってきたお札を、透明なジップロックにがばっと入れていた。

家に帰るつもりだったら、こんな綺麗に包む必要なんてない。もし旅を続けるとしても、お札を包む必要なんてないのだ。


嫌な予感がした。

ウインドブレーカーを羽織って、部屋から飛び出した。ホテルの廊下を走った。走ってはいけないことはわかっていたけれど、ホテルの廊下を走った。最初に行ったのは、食堂だった。きっと、母さん、ご飯を食べているだけだろう。食堂に飛び込んだけど、母さんはいなかった。

お風呂に入っているだけなんだ。そう思い返して、大浴場のドアをがらがらとあけた。服を着たまま飛び込んできたわたしを、裸のおばさんたちが驚いた目で見ていたけれど、その中に母さんはいなかった。

フロントの人に尋ねると、

「先ほど、外に行かれましたよ。もうすぐご飯の時間ですが、って言ったんやけど」

「どこに行くかって、言ってましたか」

「なんでも、泣き砂を見に行きたい、とかって。暗いんにね」

「近くにあるんですか。泣き砂」

「琴が浜の方にも泣き砂はあるけど、あっちは遠いさかいなあ。ここから歩いて行けるんは、千代《せんだい》泣き砂かね。一キロもかからんくらいか」

お礼も言わずに、ホテルの入り口を飛び出した。右手に黒い海を見ながら、坂道を一目散に駆け下りた。

すっすっはっ。すっすっはっ。

黒い海が、どんどん大きくなっていく。

黒い海が、揺れている。揺れて、わたしを待っている。

*

「琴が浜の砂より、こっちの方がよく泣くんよ。人が少ないから、砂が綺麗なんやと」

そう言って、コウ兄さんは、泣き砂の上をすり足で歩いていた。兄さんの下で、ブキュッ、ブキュッと、砂が泣く。同じようにやっても、私は鳴らすことはできなかった。湿った砂のすれる感触だけが、足裏に残る。

「立っとる位置が悪いんや。そんな海の近くで泣くわけないがいね」

兄さんは、私の手をぐいと引っ張って、陸と海の真ん中まで連れてきた。

「ここで、やってみぃ」

と言われて、兄さんの真似をすると、同じような音が鳴った。
兄さんは、勝ち誇ったような笑みを見せて、言った。

砂はな、ひとりでしか泣かんのや。
海が泣いて波に濡れとるときは、砂は泣かん。
雨が降って空が泣いとるときも、砂は泣かん。
乾いている砂だけが、ひとりで泣くんや。

もう、三〇年以上前だ。私がサナと同じくらいの年の頃、兄さんと母さんと、ここへ来た。たしか、中学校の友人らと一緒に、泣き砂を見に行ってきたという話を兄さんから聞いて、「ウチも行ってみたい」と駄々をこねたのだ。
母は普段、畑仕事やらに忙しく、あまりどこかに連れて行ってくれることはなかった。子どもを産んでから改めて思うが、当時の母は苦労していたのだろう。夫がいない中で、ひとりで、二人の子どもを育てなければいけない。忙しいというのも本当だったろうけど、お金がなかったこともあって、どこにも連れていけなかったのだと思う。でもその夏、たまたま野菜がよく売れたとかで、母さんは珍しく機嫌がよかった。バスを乗り継いで、三人で一緒に能登半島の反対側の外浦へと来たのだ。

ブキュッ、ブキュッ。

その時と、同じ音が鳴っている。砂が、ひとりで泣いている。

まさか、こういう気持ちで、またここに来ると思っていなかった。

母はあのとき、どんな思いで、三人のバス代を捻出したのか。母は、苦労しながらひとりで子どもを育ててきたのに、なんで私にはそれができないのか。それを考えると、また胸が痛んだ。

私は、この砂だ。ひとりだけで泣く、この砂だ。

でも、こうした痛みも、もう終わる。私は波打ち際へと歩みを進めていた。

＊

すっすっはっはっ。

波と松の木を横目に見ながら、国道を走っていくと、泣き砂の看板が見えた。急カーブして、浜へと降りていった。途中にはバイクが数台ほど止めてあった。今日は休みだから、ツーリングかなんかに来ている人たちがいるのだろう。

コンクリートの坂道を抜けると、眼前に砂浜が開けた。少し先に黒いジャンパーを着たおじさんたち四人組がいて、そのもっと遠く、波打ち際に、女の人のシルエットが見えた。

母さんだ。

砂の上に足を踏み出すと、靴が砂の中に埋まって、歩きにくい。スニーカーを脱いで、そのへんに放り投げた。おじさんたちをすり抜けて、走った。でこぼこした石ころや枯れた木の枝や貝殻が足を刺し、足裏にかすかな痛みを覚えながら、それでも走った。

母さんは、波打ち際に立っていた。

間に合わない。海が、母さんを連れていってしまう。

足裏で砂がキュッ、キュッと鳴る。泣いている、母さんが泣いている。

「かあさん！」

逃げられないだろう距離から、大きな声で呼んだ。

母さんは、微動だにしなかった。こちらを振り向きもしなかった。

「ちょっとっ。聞こえてるんでしょうっ」

声を張り上げて、腕をつかんだ。腕は思ったより細くって弾力がなく、肉がてのひらの中で潰れた。わたしはまたシィのことを思い出した。どろどろと溶けていくシィ。どろどろと溶けていく母さん。

生暖かい海の水が、足を洗う。

引っ張ってバランスを崩した母さんの上体がぐらりと揺れ、顔がこちらを向いた。目は、合わなかった。その目は、わたしを見ていなかった。ただ、わたしの足を濡らす海とおんなじ色をした目が、そこにあった。黒くて、月の光を受けてぼうっと光っていて、どこを見ているのかもわからない、焦点のあわない目だった。

そうして肉をつかんだ瞬間に、その目を見た瞬間に、母さんのいろんな叫びがどっと流れ込んでくるような気がした。きっと同時に、わたしの叫びも届いた。口にしなくても、わかる。

わたしたちは、家に帰れる。家じゃなくたって、どこにでも行ける。
私には、帰る場所もない。どこにも、行けない。

これから、どうにだってできる。
この世にいても、どうにもならない。

自分だけは、自分の頑張りを見ている。
どんなに頑張っても。誰にも、認められない。

わたしのこと殴ってでも、生きていてほしい。
娘を殴ってまで、生きている価値なんてない。

今が苦しくても、いずれどうにかなる。
何もかもが、もう、どうにもならない。

生きてさえいれば。生きてさえいれば。
生きていたって。生きていたって。生きていたって。

それは、時間にしたら一瞬のことだった。何かを言ったわけではない。でもわたしは、すべてを理解した。弾力のなくなった、押しつぶせそうな腕。母さんの表情。黒く濁って、にぶぅく光る目。そういったものから、瞬時にすべてを理解した。

きっと母さんも、わたしの肉から、わたしの目から、ぐっと握った手の力から、すべてを理解した。

わたしたちが、何もかもを掛け違えていること。老いていくものと、伸びていくもの。力を失っていくものと、力を得ていくもの。もうどうにもできないことたち、すべて。それらがどっと、押し寄せた。

無力感がわたしを襲った。もう、何をしても止められない。

足の下で、海が泣いている。

お前たちはどこにも行けないんだ。

そう言われているような気さえした。

わたしは海の声から逃げるように、ふらふらと陸へと後ずさり、母さんはその逆に、水の方へとゆっくり進んでいった。


全身から力が抜け、さらさらとした砂のあたたかさや、吹き付ける少し冷たい風、足裏の痛み、そうしたいろんな感覚が、くっきりと感じられた。その時、ウインドブレーカーのポケットに、もそりとしたものが入っていることに気づいた。

手を入れて引きずり出すと、しなびた花が入っていた。もとは青紫色だった花は、茶色く枯れかけていた。


――わたしの頭にひらめいたことがあった。

まわりを見渡すと、海と反対側の陸地のほう、少し離れた場所に、さっきのおじさんたちがいた。今日が土曜日でよかった。平日だったら、きっと誰もいなかったろう。たしか、ケータイやＰＨＳの加入者数は、もうすぐ四〇〇〇万を超えると新聞で読んだ。大人が四人もいれば、誰かが携帯を持っているかもしれない。もし持っていなかったとしても、バイクだったら近くの家や施設まですぐだ。
萎れた青紫の花を取り出した。まじまじと見ていると、口の中にいやぁな唾が湧き出てきた。自分のしようとしていることが正しいのか、よくわからない。でも、もうこれしかないのだ。

すうっと息を吸い込んで、おなかにいっぱい空気をためて、叫んだ。この喉が、潰れてもいい。一生に一度しか出さないような声で、張り裂けんばかりに叫んだ。

ああああああーーーーっ。

波の音に、吸い込まれないように。
暗闇でも、ちゃんと見つけてもらえるように。

わたしは、ここにいる。

そして、わたしは花びらを少しだけかじった。

強い苦みが口に広がる。けれど、多くの山菜や野草は苦いものなので、これがそうした特別なものかどうかは、いまいちわからない。想像では、即座に倒れるようなものだと思っていたけれど、そんな反応は起こらなかった。

効かない。

失敗かな。

失敗だったら、どうしよう。

そう思った瞬間に、舌がぴりぴりとし始めた。

火傷したように口の中が熱い。苦いんじゃなくて、痛いくらいだ。のどを抑えながら膝と膝の間に頭を入れるように俯くと、喉の中から熱い何かが逆流してきた。胃の中にあったはずの、消化されたどろどろの食べ物が、砂の上に飛びちる。

汚いと思って避けようとしたら、体のバランスを崩して、ぐらりと砂の上に倒れた。砂の上だから、柔らかくて、痛くない。よかった。でも一度倒れたら、もう起き上がれなかった。

かじる量を間違えたのだろうか。

こんなに強い毒だと、思わなかった。肺が爛《ただ》れたように熱くて、口の中がしびれて、はやく誰か来てよと言いたいのに、うまく喋れない。

なぜこんなことしたんだろうという後悔が何度も頭を掠めた。

でも、こうでもしなければ、わたしが倒れでもしなければ、この旅は終わらなくて、母さんを連れて帰れないんだ。

そうした思いが、ごちゃ混ぜになって現れては消えた。


最初に駆け寄って来たのは、黒い革ジャンを着たおじさんたちだった。

「おいっ、何があった。大丈夫か」

返事をしたいのに、ひゅうひゅうして、うまく声が出ない。

「クラゲにでも刺されたんじゃねえのか。今年はいっぱい出とるって」

「こんなとこに子ども一人か、親もいるじゃろ」

「なんにしろ、痙攣《けいれん》しとるし泡吹いとる。はよぉ医者呼べっ」

ひとりが救急車を呼びに駆けだした。

見つけてもらえた。少しだけ安心した。これできっと病院に運んでもらえる。母さんも、病院に一緒に行かざるを得ない。自分の嘔吐物で息が吸いづらくて苦しいからか、安心からか、涙が目に滲んだ。

呼吸が断続的に苦しくなり、息もできないような痛みと痛みの間で、わたしのこころにぶわぁっと黒い嵐が吹いた。黒い風が、黒い炎が、私のからだとこころをぼうぼうと焼き尽くしていった。

死ぬなんて、許さないよ――。

かぁさんだけ、ひとり逃げるなんて、許さない。

生きて、恨めばいい。

死なせなかったわたしのこと、一生、恨めばいいの――。

わたしはこんなにも怒っていた。ぼんやりとした視界と途切れ途切れになる意識の中で、そのことに気づいた。

勝手に日本一周するなんて言い出して。

わたしを勝手に産んで。

置いていって。

気を使わせて。

刺そうとして。

なんで、あんただけここから逃げるのよ。いなくなりたいのは、わたしよ。傷つけたま
ま、置いていくなんて。ずるい。ずるいよ。なんで、わたしを殴ってでも、生きてくれな
いの。母さん。

もう、自分が何を考えているのか、よくわからなかった。

ぼんやりとした意識の中で、こちらを振り向いて、砂の中を歩いてくる母さんが見えた。

でも、それが幻覚なのかも、もうわからない。

涙と嘔吐物でぐしゃぐしゃになりながら、焼けつくような嵐の中で息ができなくなった。

ブキュッ、ブキュッ、という砂の泣き声だけが、微かに頭の奥に響いた。

# 11——むらさきの花と、ひとつの嘘

小田原　一九九八年十月十九日

死ぬ。死なない。死ぬ。死なない。

黒ぉく光る川の前で、花びらを一枚ずつむしりながら、食べていく。


白昼夢を、見ていた。


「サナちゃん、起き上がっていいよ」

ぼやけた天井を見ながら一呼吸ついた後、よっ、と腹筋に力を入れて、幅の狭いベッドの上で上体を起こす。

もうすでに胸やおなかを診られているから意味はないのだけれど、医者とは反対の方向をなんとなく向きながら、上着のボタンをひとつひとつ留める。最後にぴっとシャツの裾を下に引っ張って前に向きなおると、先生が回転いすに腰かけて言った。

「後遺症も残ってないし、もう心配なさそうだねえ」

まゆげに白髪のまじった、初老のおじいさん先生が、笑いながら言った。お医者さんって何歳まで働けるもんなんだろうなぁ、と思いながら、神妙な顔をして、

「ありがとうございます」

と返事をする。後ろに坐っていた母さんも、「よかったです」と言った。

「もう、検診には来なくても大丈夫そうだよ。もしまた、胸が痛いとか、体がしびれるとか、なんかあったらすぐに来なさい」

回転いすを少し回して、机の上の診断書になにかを書き付けながら、先生がひとりごとのように言った。

「それにしても、毒のある植物なんて怖い、怖い。キノコとかは聞いたことあるけど、花なんてネェ。地方だと、そのへんに生えてるもんなのかな。サナちゃんはほんと不運だったけれど、わたしも見分ける自信なんてないネェ」

おじいさん先生が、机の方を向いていて、よかった。母さんが、わたしの後ろに坐っていて、よかった。さすがにわたしの表情は、歪んでいただろうから。

先生、わたし、知ってたんだよ。

あの紫の花が、なにか、知ってた。

だって、わたし、わざと飲んだんだもの——。

その言葉を飲み込んだまま、「これから、気をつけます。ありがとうございました」と、わざと舌っ足らずな声で言った。こどもらしく、聞こえるように。

診察室を出て、母さんからがま口財布を預かり、一〇〇〇円と少しのお金を払う。

この一か月でかかった治療費は、運ばれた穴水の病院での処置費と入院費、その後、小田原に帰ってきてからの二回の経過観察の検診代、全部で三万円もしないくらいだった。うちの家計の状況では安いとは言えないけれど、命が助かる値段としては、だいぶ安く感じた。

わたしはあのあと、車で病院に運ばれたらしいけど、記憶がない。

次に目を覚ました時は、病院のベッドの上だった。

真っ白な病室には、なぜか、母さんだけじゃなく、父さんまでいた。列車でわざわざ来たのだろうけれど、わたしは何日間か眠っていたのだろうか。

起きたことに気づかれたくなくて、うっすらと目を開けてそうっと二人を見た。

母さんはすごく疲れた顔をしていたけど、わたしのことをはっきりと視界に捉えている。話しかけてもぼんやりとしている、虚ろな母さんではなくなっていた。

ほぼ二か月ぶりに見た父さんは、肌が少し荒れていて、白髪が混じっているのが少し目立った。

ああ、そうか、いつも母さんが白髪を抜いていたんだ。

二人を見ていると、じんわりとした気持ちがこみ上げてきた。

……勝った。わたしは、賭けに勝ったのだ。飲んだ花びらは死ぬほどの量ではなくって、この旅はここで終わって、母さんは家に帰るのだ。

あぁ、ぁん。

かぁさん、と言いたかったのに、まだ口がしびれているのか、うまく言えずに、濁った母音だけが自分の体に響いた。父さんは、わたしが目を開けた姿を見て、泣き出した。

この男が涙を流したのを、はじめて見たような気がした。

飲んだトリカブトについては、「子どものことだから、間違えて飲んだんでしょう」ということになっていた。わたしは、それを否定しなかった。

うそを、ついた。

容態がよくなったわたしは、あの日ほんとうは乗るはずだった、東京行きの高速バスへと乗って、小田原へと帰った。しばらくは、何を食べても味がおかしかったり、しびれるような感じや胸の動悸が残ったけれど、それもしばらくすると無くなった。

窓口でお金を払った私は、病院から出て、母さんとバス停へと向かった。
母さんが、病院を見上げて、
「もう、しばらくここに来ることもないね……病院なんて来ない方がいいわよね」
と言った。一か月経っても、旅で日焼けした母さんの腕は、黒いままだった。それもいずれ、白くなっていくのだろう。異常がないか経過を観察するための検診も今日でおしまいで、あの日のことは、だんだんと無かったことのように消えていく。

バスに乗り込むと、おじいさんやおばあさんたちが多くいて、二人並んで坐れる席はなかった。一人がけの席に、母さんを前にして、縦に並んで坐った。母さんのうなじが、目の前で揺れていた。

わたしがついた嘘を、母さんはどこまで気づいていて、どう思っているのだろう。たとえば、ほんとうのことを、父さんに言ったらどうなるだろう。

「死ぬかもしれないのに、なんて馬鹿なことを」

って、ぶたれるだろうか。それとも

「母さんを連れて帰ってきてくれて、ありがとう」

と言われるのだろうか。

母さんが死ぬつもりだったことを、わたしは誰にも言わなかった。

二週間ほど前、おばあちゃんが、わたしのお見舞いがてらうちに来た。と言っても、お見舞いらしさがあるのは、持ってきたシュークリームくらいで、うちに着くとすぐさま、小言が始まった。

母さんは「野宿で日本一周なんて、とんでもないことを。しかも毒のある野草を間違えて飲みこむなんて、母親として監督不足でしょう」と、責められた。

母さんは、気まずそうにうつむいたまま、顔をあげなかった。おばあちゃんは、それをいいことに、ひとしきり子育てについてあれこれと言い始めた。いつもボロボロの服を着せて。あなたは田舎で育ったからいいけれど。女の子なのに、こんな坊主頭にしてしまって。

父さんは、「まあまあ、お母さんの言う通り、奈保子が無茶だと思うよ。まあまあ、助かったからいいんじゃないの」と言いながら、少し笑みを浮かべて、ひたすらまあまあ、まあまあ、と繰り返していた。


わたしが反抗的な態度をとると、余計に母さんが責められるだろうから、つとめて口をつぐんでいたが、本当は言いたかった。

黙れ。黙れ、黙れ、黙れ。

やっと帰ってきた母さんに、そんなことを言うな。あんたたちは知らないくせに。どれだけの思いをして、わたしたちがあの海から帰ってきたかも。知らないくせに。あの時の母さんの目の色も、泣く砂のことも。わたしの飲んだ花の味も。

それでも、わたしはつとめて無表情を装った。こころに吹き荒れる嵐を抑え込んで。それはエネルギーを必要とすることだった。嘘をつくということ、なにかを隠し通すということは、こういうことなのだ。誰にも理解されない苛立ちを自分の中に抱え込みながら、生きてゆくということだ。

でもわたしは、ほんとうのことなんて言うつもりはない。

それは、母さんのためだけじゃない。わたしのためだ。わたしは、こんな経験なんてなかったかのような顔をして、生きてやる。

二時間近く小言を言った後、最後に、

「あなたたち、お金がないなら鎌倉の家に同居すればいいじゃないの。そしたら私の体が痛いときは奈保子さんにお世話してもらえるし、こんな田舎よりサナちゃんたちの教育にもいいし、あなたたちも家賃かからないわ」

と言い放って、おばあちゃんは鎌倉へと帰っていった。

その言葉に、複雑な気持ちになった。お金のことを考えると、たしかにそれは現実的でありがたい話だ。家賃が浮けば、給食費が払えないようなこともなくなる。なんだかんだ言いつつ、おばあちゃんはもうすぐ八〇歳になろうとしていて、ひとりで生活するのも大変なのかもしれない。ただ、同居すると母さんとの間に軋轢《あつれき》が増えそうなのも、目に見えていた。

ため息が出た。わたしのしたことは、間違いだったのだろうか。

あの時、母さんをこちら側に引っ張ってきたことで、苦労を増やしているのかもしれない。母さんはきっとまた私を何度も叩くし、父さんはお酒を飲み続けるし、おばあちゃんは嫌味を言い続けるだろう。母さんが疲れるのか、誰が壊れてしまうのかわからないけれど、いつまた、同じようなことがこの家に起きるかもわからない。

でも——。でも。それでも、わたしはこれからも生き延びていく。

死にたい母さんを、自由にさせてあげなかった。だから、そのかわり、わたしもこれから何度死にたくなっても、自分の自由にはしない。生きることにする。

バスの窓に目をやると、曇ったガラスに、自分の顔と風景が重なり合って映っていた。

旅に出てからのこの三か月で、自分はずいぶん年をとったような気がする。旅の間中、油が浮いてざらりとしていた肌は、毎朝石鹼で洗うようになってから元のような感じに戻った。けれど、そうしたことではなくて、顔つきが少し違ってしまったように思う。

笑いかけてみると、ガラスに映ったのは髪をベリーショートにした目つきの鋭い女の子で、思ったよりくらぁい自分の笑みに、少し驚いた。

そして、その笑顔の向こうに、父さんの血と母さんの血が、透けて見えた。

父さんに似た目、母さんに似た唇。どんなに離れたくても、血という事実を変えられない。この繫がりが、幸せなのか不幸なのか、わからない。いつかわかる日が来るのかも、わからない。


「生きてりゃええんじゃあ……」

というコウおじさんの声が、頭の中で響いた。

わたしは、もう一度ガラスに向かって、ニッと無理に笑顔を作った。

いつか……。いつか、コウおじさんみたいに、ああいう笑顔で笑える日が来るだろうか。

そういう風に、誰かに声をかけられる日が来るんだろうか。あのゴツゴツした手を思い出した。そう、まるで神様みたいな。

バス停から家までは一本のくだりの坂道だ。坂道に足を踏み入れると、自分がこの道に立っていることが、奇跡のように思えた。

横にいた母さんを置き去りにして、わたしは自分の全部の力で、だあっと坂道を駆け下りた。足の骨に重力が、ぐっとかかる。わたしは、この足でどこにでも行ける。「迷子ってのは、自分でどこにも行けないやつだろ」とヒロ爺が言っていた。わたしは、どんなに苦しくたって、迷子じゃない。

ひゅうと首を撫でる風は、秋のものへと変わっていた。

坂道の一番下にある錆びついた門をあけると、ダンがしっぽを振りながら、駆けてきた。いつもと変わらない、ボロボロの家と、荒れ果てた庭。それでも、帰ってきた。

誰も、死んでない。みんな、いる。

縁側に坐って、ダンの温かい背中を撫でながら、庭の梅の木を見上げた。

梅の根元に散らばったはずの、旅に出るために切った髪の毛は――

落葉に埋まったのか風に吹かれたのか、もう、見えない。

著者について

**田村真菜（たむら・まな）**
作家・写真家。国際基督教大学（ICU）教養学部卒。1988年、東京・池袋生まれ。12歳まで義務教育を受けず、小田原・大磯・鎌倉など湘南を転々と引っ越し、育つ。コンビニ店員、アパレル販売、ニュース編集者、NPO勤務や起業を経て、作家に。現在、東京下町にある大正時代の長屋でさまざまなプロジェクトを進行中。
［著者HP］http://tamuramana.com/

家出《いえで》ファミリー

2017年4月20日　初版

著　者　田村真菜

発行者　株式会社晶文社
東京都千代田区神田神保町1-11　〒101-0051
電　話　03-3518-4940（代表）・4942（編集）
URL　http://www.shobunsha.co.jp

印刷・製本　中央精版印刷株式会社


ISBN978-4-7949-6958-3 Printed in Japan
JASRAC 出 1703567-701